KB048655

나는 프랑스 책벌레와 결혼했다

프랑스 책벌레이자 지구최강 오지랖 남편을 둔
한국 욕쟁이 부인이 미치지 않기 위해 쓴 남편 보고서

글·그림 이주영

나는
프랑스 책벌레와
결혼했다

나비클럽

프롤로그

나는 미친놈과 결혼했다

밤 11시 45분, 조용한 집안.

어김없이 요란한 소리가 울려 퍼진다. 에두아르의 '취침시간'을 알리는 휴대폰 알람 소리이다. 그는 언제나 그렇듯이 알람을 끈 후 하던 일에 계속 몰두한다. 처음엔 '어차피 잘 것도 아니면서 도대체 취침 알람을 왜 맞춰 놓는 거지?' 생각했다. 그런데 에두아르는 그렇게라도 하지 않으면 한밤중이 되어도 잠을 자야 한다는 사실 자체를 잊어버린다. 그가 잊어버리는 것은 취침시간만이 아니다. '그 일' 이외엔 대부분의 것들을 잊어버린다. 아니, 아예 신경을 꺼놓는다는 것이 맞는 표현일 것이다.

하루는 퇴근시간이 다 되어가는 늦은 오후에 전화를 해선 어처구니없는 소리를 해댔다.

"혹시, 오늘 집 앞 전철역에서 구두끈 못 봤어?"

구두도 아니고 '구두끈'이라니. 구두끈이 없으면 걸을 때마다 뒤꿈치가 덜컥대서 불편했을 텐데, 하루 종일 그런 구두를 신고 다녔다는 건가? 그는 동료 선생이 "왜 구두끈을 안 매고 다니는 거야?" 물어봐서야 헐렁한 구두가 불편하게 느껴졌다고 웃으며 말했다. 정신을 오직 '그 일'에만 쏟아부으니 웬만한 신체적 불편은 못 느끼는 사람이다.

에두아르는 전날 저녁에 구두끈이 낡았다며 새 걸로 바꿔야 할 것 같다고 혼잣말을 했었다. 그는 우선 낡은 구두끈을 뺐을 것이고, 그다음에는 새 구두끈을 다시 끼워야 하는데 그걸 잊어버린 채 출근을 해버린 것이다. 늘 서둘러 해야 할 중요한 일이 쌓여 있는 그에게 구두끈을 매는 일은 집중해서 끝까지 해야 하는 종류의 일이 아니었을 테니까.

구두끈 사건과 비슷한 에피소드는 한두 가지가 아니다. 수리를 맡겼다가 방금 찾은 시계를 잃어버린 적도 있다. 열쇠나 지갑 같은 중요한 물건을 잃어버려도 크게 신경 쓰지 않는 그지만, 시계를 잃어버린 날엔 잠을 설칠 정도로 안절부절못했다.

장모님에게 결혼기념 선물로 받은 것이었기 때문이다.

옆 동네에 있는 시계방에서 건전지를 갈고 오겠다고 집을 나섰던 에두아르는 집에 돌아와서야 시계가 없어진 것을 알고는 멘붕에 빠졌다. 시계를 찾으러 다시 집을 나서려는 그를 내가 말렸다. 이미 늦은 밤인 데다 폭우가 쏟아지고 있었다. 시계방에서 시계를 찾은 것은 확실하다고 하니 바지 주머니에 넣었다가 길거리 어딘가에 떨어뜨렸을 것이다. 어디에서 흘린지도 모르면서 무작정 헤매고 다녀봐야 헛수고일 게 뻔했다. 그는 뭐든 바지 주머니에 대충 쑤셔 넣는 버릇이 있고, 뭘 쑤셔 넣었는지는 대부분 기억하지 못한다. 그렇게 해서 잃어버린 물건이 한 트럭은 될 텐데, 그 습관을 좀처럼 고치지 못한다. 어쩌면 고쳐야 한다는 생각 자체를 하지 않는 것인지도.

왜 시계를 찾아서 손목에 차지 않았느냐, 바지 주머니 말고 가방에 넣을 생각은 못했느냐, 잔소리를 하는 것도 귀찮았다. 잔소리로 그의 습관이 고쳐질 리 만무하다는 걸 아니까. 더구나 시계를 잃어버린 날은 스스로 본인의 부주의함을 어찌나 자책하던지 아무 말도 하지 못했다.

다음 날 아침, 꼭두새벽부터 현관에서 나는 소리에 놀라 잠이 깼다. 에두아르였다.

"이 시간에 어딜 가는 거야?"

"시계 찾아올게. 밤새 기억을 더듬어봤는데, 시계방 옆 과일가게 앞에서 뭔가가 떨어지는 소리를 들은 거 같아. 아마 시계였을 거야."

길을 걸으면서도 '그 일'에 몰두하느라 물건이 떨어지는 소리 따위 신경 쓸 정신이 없었던 거구나! 성질이 불끈 났다.

"지금 가서 시계를 찾으면 그건 기적이다, 기적!"

나는 한마디 던져 놓고는 다시 방에 들어가 잠을 잤다. 얼마 후 현관에서 나는 소리에 다시 잠이 깼다. 그가 손에 손목시계를 들어 보이며 환하게 웃고 서 있었다. 기적이 일어난 것이다!

"정말 기적이야! 과일가게 앞에 커다란 트럭이 세워져 있었는데, 트럭 뒷바퀴 바로 뒤에 시계가 떨어져 있었어. 길바닥에 있었으면 누군가 벌써 주워 갔을 텐데 말이야. 그리고 트럭이 어젯밤 폭우에서 시계를 지켜줬어!"

이런 일에 '기적' 찬스를 써버린 것 같아 아쉽기는 했지만, 기분이 나쁘진 않았다. 잠시 후 에두아르는 기껏 찾아온 시계가 죽어버렸다며 울상을 지었다. 내가 다시 시계방에 가져다주라고 하자 그는 습기가 차서 그럴 수 있으니 드라이기로 말려보겠다고 했다.

"만약 시계를 드라이기로 말려서 고칠 수 있다면 그거야말로 기적이다!"

잠시 후 욕실에서 환호 소리가 들려왔다. 또다시 기적이 일어난 것이다. 좀처럼 기적을 경험해 보지 않은 나로서는 연이은 기적이 행운처럼 느껴져 방방 뛰며 기뻐했다. 그러다 멍해졌다. 그가 시계를 잃어버리지 않았더라면 겪지 못했을 기적이라, 시계를 잃어버린 에두아르에게 고맙다는 생각이 들었기 때문이다. 그때까지만 해도 나는 에두아르에게 벌어지는 모든 기적이 '행운'이 아니라 '다행'이라는 사실을 몰랐다.

죽은 시계를 소생시키는 데 성공한 에두아르는 안정을 되찾고 다시 '그 일'에 몰입했다. 그가 쉬지 않고 해대는 '그 일'이란 책을 읽는 일이다. 모두가 바람직한 행위라고 생각하는 바로 그 '독서'라는 것.

마흔을 넘겨 한 결혼에서 내가 가장 바랐던 것은 무엇인가. '정신 똑바로 차리고 살아야 한다'는 긴장감에서 해방되는 게 아니었던가. 내 옆에 있는 사람이 정신을 차리고 있을 테니 나는 이제라도 피곤한 긴장감에서 벗어나고 싶다는 바람이 있었다. 게으르고 안이한 속셈이었을지 모르지만, 그래도 그 정도면 소박한 바람 아닌가.

현실은 냉혹해야 한다는 법칙이라도 있는 것일까. 나는 책 읽느라 다른 물건들은 챙길 겨를이 없는, 뭐든 잃어버리거나 잊어버리는 것이 다반사인, 심지어 취침시간까지 잊어버리고 책을 읽어대는 나사 빠진 남자와 결혼하고 말았다. 행운으로 위장된 다행을 하루에도 열두 번 겪는 남자. 이 남자와 살려면 내가 그의 몫까지 정신을 차려야 한다. 내 정신 차리기도 버거 운 나한테 이건 정말 너무하는 거 아닌가!

결혼은 없었던 일로 하기엔 매우 번거로운 제도다. 작가 이 만교는 결혼은 '미친 짓'이라고 했던가? 나는 결혼이 미친 짓이 라고 생각하지 않는다. 그저 내가 '미친놈'과 결혼했을 뿐이다.

차례

1부 | 왜 사냐면, 웃지요

왜 사냐면, 웃지요

비닐봉다리를 들고 다니는 남자

매일 밤 현관 앞을 볼 때면 신경이 곤두선다. 현관 앞에 중요한 물건들이 너저분하게 널려 있다. 지갑, 현금, 다음 날 꼭 필요한 서류, 사고 줍고 다운받고 선물 받고 뺏고 훔치고도 모자라 도서관에서 빌리기까지 한 반납일이 지나도 한참 지나 과태료를 물어야 할 책들. 에두아르는 중요한 물건을 밤마다 현관 바닥에 던져 놓는 괴상한 습관이 있다.

"우리 집에 오는 도둑은 정말 일하기 편할 거야! 문만 따면 바로 원하는 물건들이 바닥에 쫘~악 깔려 있으니까! 대체 이 중요한 물건들을 왜 현관 앞에 두는 거야?"

"내일 들고 나가야 할 물건들이야. 이렇게 놔두면 내일 아침
에 바닥에 있는 물건들을 그냥 가방에 주워 넣기만 하면 되잖
아. 절대 잊어버리고 갈 수가 없지!"

뿌듯한 표정으로 자랑스럽게 말한다. 어이없다. 그렇게 준비
성이 철두철미해서 매일 아침 그러고 사는가?

에두아르는 매일 아침 출근할 때 최소 두 번 이상 집을 들락
날락한다. 출근한다고 집에서 뛰어나가고 몇 분 후에 다시 들
어와 온 집안을 헤집고 다니며 잊고 가져가지 않은 물건을 찾
는다. 그리고 다시 출근을 위해 뛰어나간다.

오늘 아침에는 평소보다 횟수가 한 번 더 많았다. 출근 한번
하기 참 힘들다. 두 번째로 들어왔다 다시 뛰어나가는 그를 보
자 나타샤의 말이 떠올랐다.

에두아르와 내가 처음 만난 곳은 로마의 한 언어학교이다. 삼
십 대 중반, 사는 게 갑갑했던 나는 무작정 로마로 떠나 이탈리
아어 언어학교에 등록했다. 그리고 이탈리아 문화원의 장학생
으로 선정된 에두아르는 여름방학을 맞아 내가 다니고 있던 언
어학교에 오게 되었다. 그를 처음 봤던 날의 기억이 선명하다.

수업이 시작되고 삼십 분쯤 지났을 때 교실 문이 빼꼼 열렸

다. 나는 무의식적으로 문 쪽을 쳐다봤고, 10센티미터쯤 열린 문 건너편에서 교실 안 분위기를 살피는 백인남자와 눈이 마주쳤다. 남자는 문을 조금 더 열더니 부스럭부스럭 소리를 내며 살금살금 들어왔다. 그가 걸음을 옮길 때마다 나는 '부스럭부스럭' 소리의 정체는 중간중간 빵꾸난 슈퍼마켓 반투명 비닐봉다리였다. 비닐봉다리 안에는 책이 잔뜩 들어 있었다. 남자가 빈자리를 찾아 앉자 이번엔 뭔가 툭 떨어지는 소리가 났다. 그의 바지 앞주머니에 있던 지갑이 교실 바닥으로 떨어진 것이다. 남자는 지갑을 주울 생각은 하지 않고, 강사가 시킨 대로 자기소개를 시작했다.

그는 지각생인 주제에 자기소개를 무려 십 분도 넘게 했다. 남자는 상당히 눈치가 없어 보였다. 같은 반 친구 러시아인 나타샤가 기가 찬 듯 '픽' 하고 웃었다. 로마의 햇볕에 그을린 그의 얼굴색은 그가 입고 있던 살구색 반소매 남방셔츠와 같은 색이었다. 멀리서 보면 남자가 웃통을 벗고 있는 것처럼 보일 것만 같았다. 그는 아침부터 뛰어다녔는지 땀을 삘삘 흘리고 있었고, 그의 땀 냄새가 교실 안에 진동했다. 그가 바로 지금의 내 남편 에두아르다.

결석이 잦았던 에두아르는 어쩌다 학교에 오면서도 매번 지각을 했다. 매번 똑같은 살구색 반소매 남방셔츠 차림이었으며, 손에는 항상 책이 잔뜩 든 비닐봉다리를 들고 있었다. 그가 나타나면 교실 안은 또다시 부스럭거렸고, 그의 땀 냄새로 범벅이 됐다.

나는 쉬는 시간마다 카푸치노를 마시러 학교 옆 카페에 갔다. 내가 카푸치노를 마시고 교실에 들어오면 에두아르는 매번 치에코와 장난을 치며 잡담을 하고 있었다. 치에코는 로마의 언어학교에서 만난 나의 절친이다. 치에코는 그해 가을 런던 유학시절 만난 쥬세페와 결혼을 앞두고 있었다. 치에코에게 자꾸 말장난을 거는 에두아르를 보면서 '우째야 쓸까?' 걱정이 되었다. 아무래도 그가 치에코를 짝사랑하는 것 같아 보였다.

그러던 어느 날, 오전 수업에 나타나지 않았던 에두아르는 쉬는 시간이 되어서야 나타났다. 그는 치에코와 나에게 주말에 로마 시내의 성당을 같이 둘러보자며 우리의 전화번호를 물었다. 치에코는 쥬세페 때문이었는지 전화번호를 얼버무리며 가르쳐주지 않았다. 얼떨결에 나만 에두아르에게 내 전화번호를 알려주고 말았다. 이십 분의 쉬는 시간이 끝날 무렵 에두아르는 사라지고 없었다. 그날 하굣길 치에코는 뭐가 그리 좋은지 웃느라 입을 못 다물었다. 내가 '실성했냐'고 물었더니, 오늘

에두아르가 쉬는 시간에 나타난 것은 내 전화번호를 따기 위해서라며 깔깔대며 웃었다. 내가 황당해하자, 나를 '눈치 없는 바보 언니'라고 놀리며 좋아 죽었다.

금요일 저녁, 에두아르는 내게 전화해 다음 날 로마 시내 성당을 같이 둘러보자고 했다. 이탈리아어를 잘하지 못했던 나는 친하지도 않은 남자와 단둘이 성당을 둘러보는 게 부담스러워 거절하고 싶었다. 하지만 같이 살던 동생 부부가 일단 나가보라고 난리를 쳐댔고, 거절하는 것도 이상하다 싶어 하는 수 없이 나갔다.

생각보다 어색하지 않았다. 그가 성당에 대한 역사를 끊임없이 설명해서 나는 그저 알아듣는 척 연기만 하면 되었다. 그날도 어김없이 살구색 남방셔츠에 책이 잔뜩 든 비닐봉다리를 들고 나타난 그의 거지 같은 행색은 왠지 만만한 느낌을 주었다. 매일 비닐봉다리를 들고 다니는 게 신기해서 왜 그러느냐고 물었을 때, 그는 당장 가방을 사겠다며 가방가게로 뛰어가다 길바닥에 대자로 넘어지는 퍼포먼스까지 선보였다. 덜렁대는 그의 모습이 너무 웃겼다. 나는 그의 허술한 모습이 편하게 느껴졌다. 월요일이 되어 학교에서 만난 치에코는 나와 에두아르의 주말 만남을 궁금해했다.

"어땠어? 재밌었어? 에두아르랑 잘해봐. 내가 보기에 에두아르 정말 좋은 사람 같아!"

"뭔 소리야? 네가 전화번호를 안 가르쳐주니까 나한테 전화한 거 아냐! 내가 보기엔 에두아르가 너를 짝사랑하고 있는 것같아. 불쌍한 놈! 큭큭큭…."

내 말에 치에코는 다시 나를 '눈치 없는 바보'라고 놀리면서 옆에 있던 나타샤에게 물었다. 나타샤는 러시아에서 만나 결혼한 이탈리아인 남편을 따라 그해 봄 이탈리아에 오게 된 결혼 오년 차 소프라노 가수이다.

"나타샤, 네가 보기엔 에두아르가 나를 좋아하는 거 같아? 주영이를 좋아하는 거 같아?"

나타샤는 나를 향해 빙그레 웃으며 말했다.

"그 비닐봉다리, 주영이 너 좋아하는 거 맞아."

"봐! 내 말이 맞지?"

치에코는 신이 나서 떠들기 시작했다. 에두아르가 정말 좋은 사람 같으니 절대 놓치면 안 된다, 둘이 잘돼서 결혼하면 쥬세페와 프랑스로 놀러 가겠다, 제발 잘해봐라. 치에코가 하는 말을 듣고 있던 나타샤가 한마디했다.

"그 비닐봉다리 좋은 사람 같긴 한데, 남편으로선 잘 모르겠다. 그렇게 말 많고 덜렁대는 스타일, 사귈 때는 웃기고 편할지 몰라도 같이 살면 엄청 피곤하고 짜증나거든."

역시 나보다 나이 많은 결혼 오년 차 나타샤의 말이 맞았다. 이제 막 결혼을 앞두고 있던 나보다 한참 어린 치에코가 뭘 알았겠나 싶다.

에두아르는 언어연수를 마치고 프랑스로 돌아간 이후에도 내게 계속 연락을 했고, 몇 년 후 나를 만나러 로마로 오기도 했다. 나도 그가 있던 그르노블에 스키 여행을 가기도 하면서 우리는 조금씩 친해졌다. 시간이 더 지나 나는 한 출판사로부터 《한 달쯤, 파리》라는 여행 에세이를 써달라는 제안을 받았고, 파리에서 몇 개월 머물며 취재를 해야 했다. 마침 파리 근교로 전근 와 있던 에두아르에게 나는 많은 신세를 졌다. 그때 우린 많이 가까워졌고, 이렇게 결혼까지 하게 됐다.

늦은 밤, 내일 있을 수업을 준비하고 있던 에두아르가 중간 중간 현관 쪽으로 책을 슬라이딩해서 던져 놓고 있다.

"내일 들고 나갈 물건들을 곧바로 가방 안에 넣으면 내일 아침 가방에 담을 필요도 없고 더 편하지 않겠어?"

"그럼 내일 가지고 가야 할 것들을 눈으로 바로바로 볼 수가 없잖아. 매번 내가 가방에 그걸 넣었던가 넣지 않았던가 헷갈릴 때마다 가방을 뒤져 확인해야 하면 시간이 너무 많이 걸리잖아. 너도 알다시피 내가 자기 전에 그럴 시간이 별로 없어서…."

할말이 없다. 그는 매일 밤 잠들기 직전까지 책을 읽느라 너무나도 바쁜 나머지 다른 것을 할 시간이라고는 전혀 없다. 이 남자는 하루도 빠짐없이 아침저녁으로 정신없이 바쁘다. 덕분에 나는 매일 밤 산만하고, 매일 아침 정신이 나간다.

현재 시각 22시 30분. 현관 바닥에는 책 네 권, 지갑, USB 메모리, 손목시계, 여러 장의 영수증, 우편봉투 두 개, 20유로권 지폐 한 장, 동전 3유로, 태블릿패드, 핸드폰이 떨어져 있다.

적어도 우리는 강도에게 험한 일을 당하지는 않을 것이다. 우리 집에 들어오는 도둑은 좀도둑으로 남을 뿐 강도로 돌변하지는 않을 테니까. 현관 입구에서 볼일을 다 해결할 수 있으니 굳이 강도로 변할 이유가 없다. 에두아르 덕분에 비교적 안전한 삶을 살 수 있는 거라 생각하자.

선천적 비정상은 아니었어!

또, 다른 언어를 공부해야 한다. 이번엔 내가 선택한 나라의 언어도 아니다. 내가 선택한 남자의 모국어, 프랑스어다. 언제까지 서로의 모국어도 아니고 우리가 살고 있는 곳에서 사용하는 언어도 아닌 이탈리아어로 소통할 수는 없다. 나만 프랑스어를 공부해야 하는 게 좀 억울하고, 이 나이에 또 다른 외국어를 공부해야 하는 내 팔자가 한탄스럽지만, 어쩌겠는가? 이렇게 멀티링구얼이 되는 것도 나쁘지 않다고 생각하자.

저녁식사 시간, 에두아르가 내 프랑스어 공부를 돕겠다고 나섰다. 조간신문의 헤드라인 한 문장을 가리키며 묻는다.

"이 문장 한번 해석해 봐."

La loi sur le mariage homosexuel officiellement promulguée
(동성 결혼에 관한 법률 공식 공포)

"음… 맨 앞에 나오는 loi는 무슨 말인지 모르겠지만 짐작할
수는 있겠네. legge(법률)?"

나는 식탁 위에 놓여 있는 사전을 펼쳐 때려맞힌 단어 loi를
찾아 형광펜으로 밑줄을 그었다. 순간, 에두아르가 기겁하며
광분의 일장 연설을 시작했다. 그의 기나긴 연설을 요약하자면
"어떻게 책을 더럽힐 수가 있는가? 책에 연필도 아니고, 지워
지기는커녕 종이를 축축하게 만드는 형광펜을 사용할 수 있는
가?"이다. 듣기 싫다.

"예전에 내가 일본에서 공부할 때, 공부를 아주 열심히 하는
아이가 있었거든. 그 아이는 사전에 나오는 단어를 첫 장부터
순서대로 외우는 바람직하지 못한 학습법을 썼는데, 사전 한
페이지에 나온 단어를 다 외우고 나면 그 페이지를 찢어서 먹
었어. 그런 사람도 있는데, 형광펜 좀 사용했다고 웬 난리야?"

"뭐라고? 그건 미친놈이고!"

미친놈이라고? 풉! 에두아르의 입에서 '미친놈' 소리가 나오니 정말 웃긴다. 사전을 뜯어먹는 놈이나 사전에 형광펜으로 밑줄 좀 쳤다고 광분하는 놈이나. 에라이! 미친 건 매한가지다.

흥분한 에두아르는 갑자기 컴퓨터 앞으로 달려가 인터넷 쇼핑몰에서 전자사전을 주문한 후, 미친 듯이 책장으로 달려가 책 한 권을 꺼내 온다. 왜 뛰어다니는지….

"이 책으로 공부해 보는 것도 재밌을 거야."

몰리에르의《아내들의 학교》이다.

성의를 생각해《아내들의 학교》를 펼쳤다. '에두아르 발레리라도, 1980'이라고 연필로 쓰여 있다. 1980년이면 그가 열여섯 살 때다. 프랑스인인 자기도 열여섯 살에 읽은 책을 지금 나한테 읽으라고? 황당하다. 이제 겨우 프랑스어 걸음마 단계인 내게 17세기에 쓰인 희곡을 권하다니. 내 프랑스어 수준에 맞는 책도 아니라 대충 휘익 넘겨봤다. 중간중간 암호 같은 기호들이 연필로 표시되어 있다.

/, \, →, !, !!, ?, x, st, o, v, g

그러고보니 에두아르는 책을 읽을 때 손에 항상 연필이나 샤프를 들고 있다. 책을 읽기 전에 반드시 연필부터 챙긴다.

"나한테 책을 더럽혀서는 안 된다고 난리를 치더니! 책에 이 표시들은 뭐야?"

"책이 더러워질까봐 연필로 썼잖아. 나중에 지울 수 있게! 그리고 그 기호들은 나만의 암호야. 'st'는 '문장의 스타일이 돋보인다'란 의미고, 'v'는 '어휘 선택이 특이하다', '화살표'는 '나중에 사실 여부를 확인해 봐야 한다'는 의미, 그리고 g는….."

아무래도 정상은 아니다. 에두아르가 정상이 아니라는 생각이 들 때마다 앞으로의 결혼 생활이 심히 걱정스럽다.

"아, 알았어! 그만 설명해도 돼! 그런데 왜 책 앞에 이름은 써놓은 거야? 누가 훔쳐라도 갈까봐? 그게 걱정됐으면 안 지워지는 볼펜으로 썼어야지!"

"어떻게 책에 지워지지 않는 볼펜을 댈 수가 있어? 책에 이름을 쓴 건 형제가 육남매나 되는 집 막내로 태어나서 그런 거지. 형들이나 누나들 책이랑 섞이지 않도록 하려고."

"형들이랑 누나들 모두 자기 책에 자기 이름을 써놓았어?"

"아니지롱~. 그래서 내가 몰래 내 이름을 써넣어서 내 것으로 만든 것도 많지롱. 우힛힛힛히!"

한두 번 해본 짓이 아닌지, 말하면서 좋아 죽는다. 아무래도 정상은 아니다. 특이한 사람과 산다는 것은 피곤한 일이다. 잠이나 자야겠다.

"아얏! 뭐야? 침대에 벌레가 있는 거 같아!"

"므무뭐?"

에두아르가 얼른 불을 켜고 이불을 걷어낸다. 부신 눈으로 얼핏 본 시계는 새벽 세 시를 가리키고 있다.

"뭔지 몰라도 엄청 크고 단단한 놈이야. 방금 내 허리를 어마무시하게 쏘았다고!"

이불이 완전히 걷힌 매트리스 위, 검고 기다란 놈이 버티고 있다. 뜨악, 15센티미터는 족히 되어 보인다. 놈의 어마한 크기에 잠이 확 달아난다.

"지네인가? 자나? 죽었나? 움직이지도 않네. 뻔뻔한 놈!"

잠에서 완전히 깬 우리는 가까이 가서 그놈을 들여다본다. 헐, 샤프펜슬이다. 정확하게 말해서 잠들기 직전까지 에두아르의 오른손에 들려 있던 샤프펜슬!

"허리에서 피 나?"

"안 나!"

"그래도 진짜 벌레가 아니라 다행이잖아. 다시 자자."

다시 눕자마자 쌕쌕거리는 그의 숨소리. 밉상이다. 연필이 없으면 책을 읽지 못하는 사람이니 아침에 눈 뜨자마자 집 안에 있는 샤프와 연필을 모조리 갖다 버릴 테다 마음먹지만, 소용없는 짓이라는 것을 안다. 연필이 사라지면 어차피 또 살 게 아닌가. 새벽 세 시 뾰족한 샤프한테 한 방 쏘인 나는 다시 잠들기까지 여간 어려운 게 아니다. 다시 잠들기까지 두 시간도 넘게 걸렸다.

아침에 눈을 뜨니 에두아르는 출근하고 없다. 늦잠을 자고 말았다. 이미 언어학교 수업에도 늦었다. 오늘 학교는 빼먹어야겠다. 에두아르한테는 다녀왔다고 거짓말을 하면 그만이다.

갈 데도 없고 오라는 사람도 없는, 혼자 있는 하루는 제법 길다. 비싼 학비를 내고 학교에 가지 않은 것에 조금 죄책감이 든다. 지루함보다 죄책감이 더 견디기 힘들다. 혼자라도 공부를 해서 죄책감을 더는 게 좋겠다. 책장 한 편, 에두아르가 어릴 적에 봤던 동화책들을 모아 놓은 코너 앞에 섰다. 성인이 되어 외국어를 공부할 때 동화책으로 공부하는 것은 좋은 방법이 아니다. 동화에는 일상생활에서는 사용하지 않는 단어들이 자주 등장하고, 단순하거나 교훈적인 내용이 대부분이라 성인에게는 지루하기 때문이다. 언어를 공부할 때 지루함을 느끼는 방법은 최악의 방법이다. 그래도 오늘은 골치 아픈 책은 보고 싶지 않다. 그러기엔 잠을 너무 조금 잤다. 손이 가는 대로 책 한권을 꺼냈다.《코끼리 왕 바바》, 표지 그림이 마음에 든다.

책을 펼치자 '에두아르 발레리 라도, 1967년~1972년 사이에 엄마가 사줌'이라고 삐뚤빼뚤 연필로 쓰여 있다. 귀엽다. 다음 장을 넘기자 파란색 색연필로 둥글둥글 마구 낙서한 것이 보인다.

에두아르가 이 책을 처음 읽은 게 서너 살쯤이었으려나? 낙서를 보는 순간 안심했다.

'그때까지만 해도 제정신이었구나!'

그는 선천적 비정상은 아닌 것이다. 다행이다.

너무 잘나셔서 외로우면 어떡하지

에두아르가 책장 앞에서 이 책 저 책을 꺼냈다 넣었다를 반복하다가 컴퓨터 앞에 앉아서 뭔가 열심히 검색한다. 잠시 후, 다시 책장 앞에서 이 책 저 책을 뺐다 꽂았다를 반복하다가 부엌으로 가서 꿀을 한 숟가락 퍼먹고 온다. 벌써 두 시간째 저러고 있다. 정신 사납다.

당분 섭취 후 잠시 컴퓨터 앞에서 안정을 찾는가 하더니, 다시 책장을 향해 달려가다(달려갈 거리도 아니다) 자빠진다. 얼씨구.

"한 가지만 하자, 좀! 왜 그러는뎃? 아까부터 왜 이렇게 산만한뎃?"

"이번 학기에 강의할 책을 아직 정하지 못해서…. 일학년(16

세) 책은 정했는데, 오학년(12세) 아이들 책을 아직 못 정했어. 혹시 추천할 만한 책 있어? 열두 살 정도에 읽었던 책 중에 기억에 남는 작품. 반드시 프랑스 문학이 아니라도 돼."

에두아르는 문학과 라틴어를 가르치는 선생이다. 프랑스의 중고등학교 국어 수업은 우리와는 많이 다르다. 교과서가 있기는 하지만 거의 사용하지 않는다. 국어 교사가 소설, 시, 에세이, 희곡 등 문학작품을 매년 직접 선정해 지도한다.

"작년에는 어떤 작품으로 가르쳤는데?"

"조세프 케셀의 《더 라이언》이랑 어니스트 헤밍웨이의 《노인과 바다》."

"그냥 한 거 또 하면 되지, 뭘 고민해? 둘 다 좋은 작품이구만!"

"매년 학생들 수준이 다른데, 어떻게 같은 작품을 다룰 수가 있어? 아니 무엇보다, 내가 그러고 싶지 않아! 선생들 중에는 매년 같은 작품으로 강의하는 사람도 있지만, 난 내가 지루해서라도 그렇게는 못하겠다. 도대체 이해가 안 가! 선생이 공부를 안 하면서 학생들한테 공부하길 바라다니!"

잘나셨다. 아무튼, 내가 열두 살 즈음 읽었던 책들을 떠올려본다.

"펄 벅의 《대지》! 어때?"

"아! 좋은 작품이지. 내가 왜 그 작품을 잊고 있었지? 나도 그 작품을 열두 살 때 읽었어."

'네가 잊어버리는 게 어디 그것뿐이냐?' 목구멍까지 올라온 말을 겨우 삼킨다.

"아니면, 이탈로 칼비노의 《반쪼가리 자작》은? 나는 서른 넘어서 읽었지만, 청소년들한테 완전 강추!"

"아직 그 작품 안 읽어봤는데…. 이럴 게 아니라 지금 당장 서점에 가야겠어. 같이 갈래?"

동네 서점 입구.

"나는 예술서적 코너에 있을게. 책 다 고른 다음에 거기로 와."

"오케이!"

한 시간이 지났다. 예상했던 대로 그는 나타나지 않는다. 하는 수 없이 내가 청소년문학 코너로 갔지만 그의 모습이 보이지 않는다. 서점 안을 두리번거리며 둘러보는데, 역사서적 코너에 낯익은 남자가 쭈그리고 앉아 책을 읽고 있다. 에두아르다. 내가 다가가자 활짝 웃는다.

"책 다 골랐어?"

옆에 책이 수북이 쌓여 있다.

"설마, 이걸 다 살 거는 아니지?"

"으으흠… 이이이건 너너널 위위한 서선물!"

야스미나 레자의《아트》라는 책을 내민다. 동문서답에 말까지 더듬는 걸 보니 다 살 생각인 거다. 그가 골라 놓은 책들을 한 권씩 살펴봤다.

프리모 레비의《이것이 인간인가》.

"이 책 집에 있어! 내가 분명히 집에서 봤어."

"그건 이탈리아어 원어판이고, 이건 프랑스어 번역판."

"왜 두 권 다 있어야 하는데?"

"이학년 아이들에게 발췌해서 읽히려고. 아이들이 이탈리아어를 못하잖아. 그건 그렇고 너는 왜 빈손이야? 맘에 드는 책 없었어?"

"있었는데 좀 비싸서…. 꼭 필요한 책도 아닌데 25유로나 해. 인터넷 서점에서 사면 더 쌀 거 같아서."

"너 예전에《한 달쯤, 파리》쓸 때, 파리에 서점이 많아서 부럽다고 했지? 알아? 파리에 서점이 예전보다 훨씬 줄었다는 거. 사람들이 너처럼 인터넷 서점에서 책을 사서 그런 거야. 이런 식으로 가다간 지구상에 서점이 하나도 안 남게 생겼다고. 지구에서 서점을 계속 보고 싶다면 서점에서 책을 사야지!"

맞는 말이라 찍소리도 못했다. 에두아르는 나를 예술서적 코너로 끌고 가선 내가 사고 싶어한 앙리 리비에르의 판화집《에펠탑의 36개 전경》을 들고 있던 책 위에 얹어 계산대 앞으로 간다. 계산하는 그를 보면서, 나는 지금까지 예술서적을 망설임 없이 사본 적이 한번도 없었다는 생각에 머쓱해진다.

늦은 밤, 컴퓨터 앞에 앉아 있던 에두아르가 까치발로 살금살금 걸어 현관으로 가는 모습을 포착했다. 그런 식으로 걷지만 않았어도 신경을 안 썼을 거다. 수상쩍어 뭘 하는지 살폈다. 그는 바닥에 던져 놓은 지갑에서 신용카드를 살짝 꺼내 다시 컴퓨터 앞에 앉는다.

"뭐 사게?"

화들짝 놀란다. 놀라는 게 이상해서 다가가서 봤다. 인터넷 서점에서 책을 사려고 한다.

"인터넷 서점에서 책을 사면 지구에 서점이 하나도 안 남는다면서?"

"인터넷 서점에서'만' 사면 그렇다는 거지. 이 책은 이곳 서점에서는 살 수 없는 책이란 말이야. 독일에서만 살 수 있다고. 책 한 권 사러 독일까지 갈 수는 없잖아."

그렇지, 책 한 권 때문에 독일까지 갈 수는 없지…. 그런데, 나 바보인가?

며칠 후 소포가 배달되었다. 잔뜩. 독일에서 온 것 말고도 더 있다. 다 뜯어봤다. 먼저, 독일에서만 판다는 책. 다음 상자, 또 책이다. 얼마나 오래된 책인지 책 곰팡이 냄새에 절어 있다. 중고책인 듯하다. 그다음 상자. 뭐얏! 전자책 리더기?!

책을 산다는 이유로 바가지를 긁으면 무식하다고들 하겠지만, 이건 해도 너무하다. 이달만 해도 책을 몇 권이나 샀는가? 이 상태로 가다가는 가정경제가 파탄이 나게 생겼다. 들어오기만 해봐라!

에두아르가 퇴근했다.

"주문한 소포, 오늘 다 도착했어. 내가 다 열어봤어. 괜찮지?"

"어? 어어, 괘괜차찮지 그그럼…."

"전자책 리더기는 왜 산 거야? 내가 전자책으로 읽으면 집

중력이 떨어진다는 기사를 읽은 적이 있다고 했던 거 기억 안
나?"

"다, 너를 위해서야! 내가 침대에서 책을 읽으면 네가 눈이
부셔서 잠을 못 자니까…. 그리고 샤프에 찔릴 염려도 없고….
이 기계가 있으면 너는 잘 수 있고, 나는 읽을 수 있고! 그리고
너가 그랬잖아. 전자책이 종이책보다 저자 인세 책정이 높다
고. 작가들이 돈을 벌어야 앞으로도 좋은 글을 쓰지…."

"그렇게 작가들의 경제 사정을 생각하시는 분이 이 중고책은
왜 샀는데? 중고책을 사면 작가한테 들어오는 돈은 제로다, 제
로!"

"절판된 책이란 말이야! 파는 데는 중고책 시장밖에 없는데
어떡해? 그리고 만약에 사람들이 중고책을 사지 않는다면, 지
구는 넘쳐나는 책들로 종이 더미가 되고 말 거야. 종이를 만들
기 위해서 매해 얼마나 많은 나무들이 잘려 나가는지 알아? 지
구 환경을 위해서라도 중고책 시장도 발전해야 해!"

잘나셨다. 잘난 척 끝판왕 에두아르에게도 과연 친구가 있을
까? 이러다 외롭게 굶어 죽을까 걱정이다.

깨가 쏟아지는 신혼이라고?

　남들은 재혼할 나이에 우리는 초혼을 했다. 나는 마흔을 넘겨서, 그는 내일모레 오십에 한 결혼이지만 어쨌거나 우리는 신혼이다. 태어나서 사십 년 동안 나는 결혼에 대해 심각하게 생각해 본 적이 없다. 결혼을 꼭 해야 하는 것이라고 생각하지 않았던 만큼 달콤한 신혼 생활에 대한 꿈 따위 꾸지 않았다. 그런데 '깨가 쏟아지는 신혼'이라는 말을 억만 번도 더 들어서일까? 지금 당장 깨가 쏟아지지 않으면 안 될 것만 같은 조바심이 든다.

　신혼하면 떠오르는 것 중 하나는 새로 장만한 살림살이다. 우리 집엔 옛날 물건들이 너무 많다. 집에 있는 가구들은 대부분 시댁에서 19세기부터 대물림해 온 가구거나, 에두아르가 결혼 전부터 쓰던 것들이다. 가족 대대로 사용해 온 소중한 가구를 버릴 수는 없다. 에두아르가 혼자 살 때 사용하던 가구며 식기, 침구, 전기제품들 대부분이 아직 쓸 만해서 버리지 않고 사용하고 있다. 집안에 신혼 냄새가 풍기는 물건이라고는 없는 셈이다. 있는 물건을 버릴 수 없다면 위치를 바꾸거나 작은 소품으로 분위기를 바꿔보자.

꽃집에 가서 향긋한 히아신스 화분을 샀다. 꽃집 옆 인테리어 소품 가게에 들러 투명한 유리컵에 담긴 향초도 사서 거실과 욕실을 장식했다. 집안에 향기가 가득하니 기분도 향긋해지는 느낌이다.

신혼집 느낌이 나지 않는 이유에는 책장이 그 비중을 적잖게 차지한다. 60평방미터 작은 아파트에서 신혼살림을 시작한 우리에겐 책을 놔둘 공간이 마땅치 않다. 결국 침실과 거실에 나누어 배치했는데, 판형이 제각각인 책들이 마구 섞여 있어 무척 지저분해 보인다. 책들의 위치를 대폭 바꾸지는 않더라도 책장 한 칸에 있는 책들끼리는 판형을 고려해서 다시 꽂았다. 책의 위치를 바꾸기만 했는데도 책장 분위기가 확 달라졌다.

에두아르가 퇴근했다.

코가 막혔나? 아무 말 없이 평소처럼 행동한다. 좁은 거실 탁자 위에 떡하니 버티고 있는 히아신스가 보이지 않는 것일까? 정신을 항상 딴 데 팔고 사는 사람이지만, 이건 좀 심하다. 반응을 보일 때까지 기다리려다 못 참고 한마디했다.

"집에서 좋은 냄새 안 나?"

"어, 나! 향수 바꿨어?"

"탁자 위에 화분 안 보여?"

"아! 히아신스네! 예쁘다!"

땡! 그게 다다.

저녁식사를 마친 후, 에두아르는 학생들 논술숙제 채점에 바쁘다. 나는 거실 소파 위에 누워 얼마 전 한국문화원 도서관에서 빌려 온 한국소설을 읽고 있었다.

"악!"

갑자기 절규에 가까운 비명소리가 들리더니 에두아르가 씩씩거리며 거실로 튀어나온다.

"책장에 무슨 짓을 한 거야?!"

"책장이 너무 지저분해서 책 판형에 맞춰서 위치를 바꿨어. 왜?"

"책이 장식품이냐? 판형에 맞춰서 책을 꽂으면 나중에 어떻게 책을 찾아? 장르별, 작가별, 알파벳순으로 내가 다 정리해 놓은 건데, 그걸 손대면 어떡해?"

그의 말투가 곱지 않다. 오는 말이 미우면 가는 말도 미워지는 법이다.

"장르를 바꾼 것도 아니고, 책장 한 칸마다 보기 흉하지 않게 판형에 맞춰서 정리한 것뿐인데? 그게 무슨 문제라도 돼?"

"응, 완전 문제 되거든! 우리 집에 책이 몇 권이 있어? 만 권은 족히 될 테고 앞으로도 늘어날 텐데, 어떻게 판형에 맞춰서 책을 꽂을 수 있어? 그랬다가는 매번 책 찾는 데 엄청난 시간을 버려야 한다고!"

"그러면 나는 평생 저 지저분한 책장을 보고 살아야 하는 거야? 쾌적한 집안 환경도 중요하잖아!"

"다시 한 번 말하는데, 책은 장식품이 아니얏!"

그의 말이 틀린 게 아니라는 것은 알지만, 그의 말투가 완전 재수 없다. 일단 나도 같은 말투로 밀어붙인다. 깨가 쏟아지는 신혼 분위기를 만들려 했던 의도와는 달리 집안은 전쟁모드로 변해간다.

"우리 둘 중에 누가 집에 있는 시간이 더 많아? 나지? 나는 내가 있는 곳 환경을 더 예쁘게 해야겠어!"

최대한 재수 없는 말투로 반박하고 그의 반응을 살폈다. 나보다 더 재수 없는 말투로 말을 하면 나는 더더 재수 없는 말로 받아칠 테다! 그런데 그의 표정이 갑자기 환해진다.

"죽은 왕녀를 위한 파반느. 모리스 라벨!"

엥? 정말 저 인간의 뇌 속에 들어가보고 싶다.

에두아르는 내가 조금 전까지 읽고 있던 소설책 표지를 보고 있다. 표지 상단에 작은 글씨로 'Pavane pour une infante défunte(죽은 왕녀를 위한 파반느)'라고 쓰여 있다. 한글을 모르는 그의 눈에는 프랑스어로 조그맣게 표기된 문장이 먼저 눈에 들어온 것이다.

《죽은 왕녀를 위한 파반느》는 박민규의 소설 제목이기도 하지만, 작곡가 모리스 라벨의 피아노 연주곡 제목이기도 하다.

"디에고 벨라스케스!"

이번엔 표지로 사용된 그림 '시녀들'을 그린 화가의 이름을 외친다.

"벨라스케스에 관한 책이야? 모리스 라벨에 관한 책이야?"

부드러운 말투로 묻는다.

"둘 다 아니야!"

아직까지 기분이 상해 있는 나로서는 곱게 대답하기 힘들다.

에두아르는 CD장 앞으로 가서 모리스 라벨의 앨범들을 들고 온다.

"이 책에 적어도 이 곡에 대한 이야기는 나올 거 아니야? 들으면서 읽어~."

성질을 낸 것이 미안한지 아양을 떤다. 그래 봤자 난 기분이 상할 대로 상한 상태다. 그는 내게 CD 몇 장을 챙겨준 후 바로 책장 재정리에 나선다. 중간중간 현관으로 책을 밀어 던지기도 한다. 내일 가지고 나가야 할 책인 것이다. 현관 앞은 오늘 밤에도 변함없이 너저분 그 자체다. 아기자기하고 화사한 인테리어는 포기해야 할 것 같다. 서글프다.

신혼에 걸맞은 실내장식을 포기해야 한다면 색다른 음식으로 신혼 분위기를 만들어보는 것도 좋겠다. 토요일 점심 메뉴로 에두아르에게 생소한 비빔밥을 준비하기로 했다. 나는 행동이 매우 느리다. 내가 일하면서도 속이 터진다. 채소를 씻고 써는 데만 한 시간이 걸렸다. 다음은 썰어 놓은 채소를 각각 따로 볶는다. 달걀은 비주얼을 고려해 중간에 김을 끼워 넣은 달걀말이로 예쁘게 준비했다. 이렇게 두 시간에 걸쳐 점심 준비를 마쳤다. 에두아르가 부엌에 들어오면 비빔밥이 너무 예뻐서 깜짝 놀랄 것을 상상하며 그를 불렀다.

"헐! 이게 대체 뭐야? 뭘 이렇게 많이 준비했어? 미친 거 아
냐?"

에두아르가 비빔밥을 본 첫 소감이다. 두 시간 동안 쉬지 않
고 움직인 내게 미쳤다니! 기분이 확 상한다. 아무리 눈치 없는
에두아르지만, 이번엔 분위기 파악을 한 것 같다.

"아니, 내 말은 두 시간이나 점심 준비를 하는 건 아니지 않
냐고. 두 시간을 요리하는 데 쓰는 것보다 더 흥미로운 일에 쓰
는 게 낫지 않아?"

"흥미로운 일? 그게 뭔데?"

"어, 그러니까 책을 읽는다든지…."

이 말에 완전히 뚜껑이 열리고 말았다.

"머릿속에 책 생각밖에 안 들었지? 책 읽는 것 빼고 중요한
일이란 세상에 없지? 두 시간이나 요리한 사람한테 고맙다는
말은 못할망정 미쳤다니? 그게 할 소리야?"

"미미미안. 아니, 고고고마워…. 어서 먹자. 와~! 무지하게
맛있구만! 두 시간 요리할 만하네. 와~ 이 오믈렛에 검정색은
뭐야? 색깔의 조합이 완전 예술이다! 너무 예뻐서 아까워 먹을
수가 없어!"

이제 와서 그래 봤자 소용없다. 그는 이미 내게 '미쳤다'고

했다. 이 인간이 내가 얼마나 뒤끝이 작렬하는 인간인지 아직 모르는 게다. 나는 오늘 저녁부터 당장 요리를 하지 않을 것이 며 그의 말대로 흥미로운 책만 읽을 것이다!

저녁시간 나는 부엌 근처에는 얼씬도 하지 않은 채 거실 소 파 위에 누워 박민규의 소설을 읽고 있었다. 그가 내 눈치를 살 살 보며 부엌으로 들어간다.

잠시 후 힘찬 목소리로 나를 부른다.

"주영! 어서 와서 저녁 먹어~."

그가 준비한 저녁은 인스턴트 냉면이다. 그런데 냉면에서 김 이 모락모락 나고 있다. 냉면이 라면인 줄 안 모양이다.

"이거 너가 좋아할 거 같아서~."

아양을 떠는 꼴이 불쌍해서 구박하지 않고 뜨거운 냉면을 한 젓가락 먹어봤다. 도저히 먹어줄 수 없는 맛이다. 내 인상이 일 그러지자 그도 따라 먹어본다.

"음… 실망스러운 맛이군."

그러면서도 에두아르는 뜨거운 냉면을 다 먹어치운다. 국물 까지 모조리. 마치 거지처럼.

참으로 실망스러운 신혼 생활이다. 깨가 쏟아지는 신혼? 나 는 이참에 세상 모든 관용적 표현들을 다 없애버리고 싶다.

마담 이주영의 살롱

에두아르가 친구 에므레와 프란츠를 집으로 초대했다. 에므레는 에두아르가 공익근무를 했던 터키에서 만난 친구다. 프랑스도 2002년 징병제가 폐지되기 전까지 20세에서 25세 사이의 남자들은 의무적으로 일 년간 (공익근무의 경우는 이 년간) 군대에 갔다. 에두아르의 경우는 그가 다닌 학교의 특혜로 군복무를 공익근무로 대신했다. 터키에 프랑스어를 가르치는 요원으로 파견됐었는데, 이 년간 학생이 단 한 명도 없었다고 한다. 대신 그곳에서 터키어를 배웠으나 지금은 거의 잊어버린 상태다. 에므레는 어머니의 나라 오스트리아에서 태어나 유년을 보냈고, 청소년기부터는 아버지의 나라 터키에서 살았다. 지금은 프랑스 국적자로 파리 근교에 살고 있지만 스스로를 터키인이라고 생각하는 해양학자이다. 그의 말대로 터키인인 에므레에게서 나는 우리네 '정情'과 같은 감정을 느끼곤 한다.

프란츠는 에두아르가 예전에 일했던 스위스 국경에 있는 한 국제고등학교의 동료인데, 얼마 전 우리 집에서 멀지 않은 국제고등학교의 독일섹션 디렉터로 발령받아 왔다. 사람 좋은 프란츠는 내가 만든 김치를 엄청 좋아한다. 아마 독일의 양배추 절임인 '자우어크라우트'와 비슷한 맛이라서 그런 것 같다.

에므레와 프란츠, 둘 다 내가 무척 좋아하는 친구들이고, 그들이 집으로 놀러오는데도 신나지 않는다. 오늘도 우리 부부는 친구들이 집에 오기 직전까지 싸울 게 뻔하기 때문이다.

집에 손님이 오면 집안을 더 깨끗이 정돈하는 것이 보통이다. 에두아르는 손님이 오는 날이면 유독 더 산만하게 책장 사이를 오가며 거실을 책으로 어지럽힌다. 상식과는 거리가 먼 행동을 하는 그를 이해할 수 없다. 게다가 그는 책장을 오갈 때마다 입술도 같이 움직인다. 이 책 저 책을 소리 내서 읽거나, 찾고 있는 책의 작가 이름을 반복해서 부른다. 에두아르가 한국말 중에 '시끄럽고'를 아주 정확하게 발음할 수 있는 데에는

다 이유가 있다. 내게 가장 많이 들은 말이기 때문이다. 거실 여기저기에 책으로 저지레를 해놓는 것도 모자라 끊임없이 떠들어대는 그를 보고 있으면 머리가 터질 것 같다.

에두아르가 책장을 오가기 시작했다. 오전 내내 정리해 놓은 거실이 엉망진창이 되어가고 있다. 오늘도 나는 그 꼬라지를 봐줄 수가 없다. 도저히!

"바팡쿨로!"

버럭 소리를 질렀다. 나는 그가 알아듣도록 욕을 하고 싶을 때에는 이탈리아어로 욕을 한다. 바팡쿨로(Vaffanculo)는 우리말 '제기랄' 정도의 비교적 가벼운 이탈리아 욕이다. 그는 내가 왜 욕을 하며 화를 내는지 몰라 맞짱 뜨며 소리를 지른다.

"집에 친구가 놀러 오는 게 그렇게 싫어? 왜 매번 화를 내는 거야? 앞으로 친구고 가족이고 우리 집에 얼씬도 못하게 하자! 그냥 외톨이로 살다 죽자!"

이 무슨 거지 같은 소리인가? 바팡쿨로!

프랑스의 겨울밤은 길다. 오후 다섯 시부터 어두워지기 시작해 여섯 시면 깜깜한 밤이 된다. 이 긴 겨울밤을 지루하지 않게 보내는 방법은 '초대'이다. 특별히 밖에 나가 놀 곳이 없는 프랑스에서는 친지들과 클럽이나 노래방, 주점, 카페가 아닌 집에 모여 같이 시간을 보내는 것을 즐긴다. 딱 내 취향이다. 내가 집에 사람들이 오는 것을 싫어한다는 것은 말도 안 되는 오해다! 나는 펄쩍 뛰며 설명했다.

손님이 오는 날이면 평소보다 더 책으로 거실을 어지럽히는 그의 행동이 이해가 안 돼 짜증이 난다고 소리쳤다. 이번엔 그가 펄쩍 뛰었다. 본인은 거실을 결코 어지럽힌 적이 없으며 책을 '진열'해 놓은 것이지 '저지레'한 것이 아니라며 열을 올린다.

책을 진열하는 이유는 손님과 나눌 대화의 소재를 자연스럽게 마련해 놓기 위해서라고 한다. 집에 친지를 초대하는 것은 먹고 마시기 위해서가 아니라 이야기를 나누며 즐거운 시간을 함께하기 위해서다. 이 즐거워야 할 시간에 이야깃거리가 궁색해지면 손님에 대한 예의가 아니다. 그래서 초대한 손님이 관심을 보일 만한 소재의 책을 찾아 진열해 놓는 센스를 발휘했다는 것이다. 손님에게 즐겁고 유익한 대화가 오가는 저녁시간을 제공하는 것만큼 좋은 대접은 없다. 자신은 이런 것이 바로 '문화'라고 생각한다고도 덧붙인다. 각각 다른 관심사를 가지고 있는 사람과 이야기를 나누며 상대의 생각을 듣고 자신의 생각을 이야기하는 것, '수다'를 통해 소통하는 것이 바로 '문화'라는 것이다.

에두아르는 프랑스의 살롱문화를 이야기하는 것 같다. 어릴 적 책에서 읽었던 '사교계'니 '마담 누구누구의 살롱'이니 하는 것들은 내게 낯설고 이국적이어서 더 매력적으로 다가왔었다.

17세기 랑부예 후작부인이 각계의 인사를 초대해 그녀의 거실(살롱)에서 만찬을 즐기며 예술과 철학, 역사를 주제로 담화를 나눈 것을 시작으로 프랑스의 개인 살롱은 18세기를 거치며 문화로 자리 잡는다. 이것이 지금 프랑스가 문화강국으로 자리할 수 있는 밑천이 되었다 해도 과언이 아닐 것이다.

'살롱' 개최는 전통적으로 '마담'의 몫이었다. 나는 '사랑방 문화'가 있는 한국 출신이다. 예전 우리 선조들은 사랑방으로 손님을 초대해 다과를 접대하며 학문과 예술에 대한 담소를 나누었다. 나는 거실에서 글도 쓰고 그림도 그린다. 거실은 내게 규방이면서 사랑방이다.

나는 세계에서 근사한 카페가 가장 많은 한국 출신이다. 카페는 19세기 살롱의 바통을 이어받아 새로운 문화의 장으로 역할을 하고 있다. 많은 예술가들이 한자리에 모여 그들의 작품을 완성하고 서로의 생각을 토론했던 곳이 바로 '카페'이다. 세계 어느 나라에 가봐도 한국만큼 멋진 카페가 즐비해 있는 곳은 없다.

나는 '회식'이 일상인 한국 출신이다. 학자들은 살롱문화의 기원이 고대 그리스 아테네의 '심포시온'이라고 한다. 고대 그리스어 '함께(sum)'와 '마시다(pósis)'가 결합되어 만들어진 이 단어는 '향연'으로 번역되기도 하지만, 한마디로 '회식'이라는 의미다.

전통적으로 사랑방 문화가 있는 나라, 멋진 카페가 세계에서 가장 많은 나라, 하루가 멀다고 회식을 하는 나라, 바로 한국이다. 그런 나라 출신인 내가 나의 규방인 '살롱'을 남편에게 양보하고 싶지 않다는 생각이 들었다. 나는 무표정하게 잘라 말했다.

"앞으로 우리 집 거실은 '마담 이주영의 살롱'이야."

에두아르는 '뭔 소린가?' 하는 표정을 잠깐 짓더니 '우하하하' 소리 내어 웃는다. 마구 던져 놓았던 책들을 테이블 위에 나름대로 정갈하게 진열하며 애교를 떤다. 나는 그가 골라 놓은 책들을 살펴본다.

유발 하라리의 《사피엔스》, 재레드 다이아몬드의 《문명의 붕괴》, 야샤르 케말의 《독사를 죽였어야 했는데》.

"나쁘지는 않은데… 어째 좀 에므레한테만 포인트를 맞춘 거 같네? 그럼 나는 프란츠를 위해 음악을 준비하겠어!"

핑크 플로이드의 광팬인 프란츠를 위해 바로 그들의 앨범을 찾아 에두아르에게 보여준다. 그는 "오우! 노~" 하며 몸서리 친다. 얼마 전 프란츠의 집에서 핑크 플로이드의 음악을 태어나서 처음으로 들어본 에두아르는 괴로워서 식겁했던 경험이 있다. 핑크 플로이드의 앨범을 쳐다보며 망연자실하고 있는 그의 모습이 재밌어서 큰 소리로 웃었다. 내 웃음소리에 에두아르는 억지 도끼눈을 뜨며 외친다.

"너는 마자아 해! 마니 마니!"

참고로, 이 말은 에두아르가 내게 '시끄럽고' 다음으로 많이 들은 문장이라 '시끄럽고'만큼 정확하게 발음하지 못한다. 방금 전까지 으르렁 싸우던 우리가 서로 웃고 있다. 이래서 부부 싸움은 '칼로 물 베기'라고 하는가보다.

책 구매 금지령을 해제합니다

'저 신발이 세일할 때까지 남아 있어야 할 텐데….'

쇼윈도 앞에서 생각했다. 마음에 드는 신발 하나 바로 못 사다니, 서글퍼하는 것도 이제는 옛일이다. 세일을 기다리는 것은 당연한 것이 되었다. 에두아르가 돈을 너무 많이 써서 어쩔 수 없다. 엥겔지수만 놓고 보자면 우리 부부의 생활수준은 상위에 속한다. 수입에서 식비가 차지하는 비율이 30퍼센트가 될까말까이다. 그런데도 에두아르의 행색은 늘 거지 같고, 내가 거지꼴을 겨우 면하고 사는 건 결혼 전에 산 옷과 신발 덕분이다.

에두아르가 거지 차림인 것은 그가 새 옷도 금방 누더기로 만드는 특별한 재주를 가지고 있어서이기도 하지만, 무엇보다 다른 곳에 돈을 쏟아붓느라 옷을 살 여유가 없기 때문이다. 그의 소비 생활은 우리 가정경제를 위협하는 심각한 문제다. 여행, 오페라, 연극, 영화, 전시회에 쓰는 돈은 둘이 같이 즐기는 일이니 나도 할말이 없다. 내가 문제 삼는 것은 그가 책을 '지나치게' 많이 산다는 것과 무엇보다 이미 산 물건들을 자주 다시 사는 것이다. 그는 생활에 꼭 필요한 물건들을 '심하게' 자주 잃어버린다.

에두아르가 휴대폰을 또 잃어버렸다. 째려보는 나를 향해 이번엔 소매치기당한 게 확실하며 자기 탓이 아니라고 변명한다. 억울한 표정이다. 스페인 여행 중 버스 안에서 누군가가 바지 주머니에 손을 넣는 느낌이 들었는데, 책에 집중하느라 신경 쓸 틈이 없었다고 한다. 훔친 놈 잘못이지 신경을 안 쓴 놈 잘못이 아니라는 논리다. 말 같지 않은 소리다. 어찌 됐든 결론은 하나다. 휴대폰을 또 사야 한다는 것이다.

"사과 그림이 그려져 있거나 최신형 휴대폰은 금지! 기능이고 디자인이고 다 필요 없음! 전화를 걸고 받고 문자를 보낼 수 있고 인터넷을 사용할 수 있는 기기 중 무조건 제일 싼 걸로!"

"알았어! 알았다고. 나같이 뭐든 허구한 날 잃어버리고 다니는 머저리 같은 놈은 좋은 물건이 필요 없다는 것쯤 나도 잘 안다고!"

자학적 말투로 동정심을 유발하려는 속셈인 게 뻔하다. 휴대폰을 사러 나가는 그를 따라나섰다. 귀 얇은 머저리가 점원의 말에 혹해서 최신형 휴대폰을 사는 걸 방지하기 위해! 집에서 가장 가까운 '프낙' 매장에 도착했다.

"으이구, 휴대폰을 사러 프낙에 오다니!"

에두아르는 프낙 매장을 방문할 때마다 투덜댄다. 프랑스 전역은 물론 이탈리아, 영국, 스위스, 스페인, 대만 등등 세계 곳곳에 체인점을 가지고 있는 '프낙'은 에두아르가 어렸을 때만 해도 도서, 잡지, CD만을 취급하는 대형서점이었다고 한다. 언젠가부터 오디오, 카메라, 텔레비전 등 전자제품을 취급하기 시작했다는데, 지금은 전자기기가 매장의 절반 이상을 차지하고 있다. 그러고보니, 내가 어렸을 때만 해도 광화문 교보문고의 팬시문구 코너는 구석에 틀어박혀 있었고 책장 간의 폭도 좁아 불편할 정도였다. 그만큼 서점에 책이 차지하는 공간이 많았다.

에두아르는 내 감시하에 구모델의 저렴한 휴대폰을 하나 골

라 든다. 더 저렴한 제품도 있지만 "내 부인이 한국인이니 적어
도 한국 브랜드 중에 가장 저렴한 것으로 고르는 것이 맞지 않
겠냐?"고 설득한다. 다소 황당한 이유지만, 나와 한국에 대한
애정으로 받아들여 허락했다.

휴대폰 상자를 받아든 그는 이왕 온 김에 서적 코너도 둘러
보자고 한다. 프낙에는 어쨌든 아직까지 서적코너가 남아 있으
니, 참새가 방앗간을 그냥 지날 수는 없을 테다. 그에게 지름신
이 강림하기 전에 그를 보호해야 한다. 그를 졸졸 따라다니기
로 했다.

"아! 이 책 베로니크한테 선물하면 좋겠다!"

"좋은 생각이야!"

파비오 제다의 《바다에는 악어가 살지》는 아프가니스탄 난
민들에게 프랑스어를 가르치고 있는 친구 베로니크에게 안성
맞춤인 선물임에 틀림없다. 다음 달에 우리는 베로니크가 사는
그르노블에 가기로 했다. 내 반응이 좋자 에두아르는 책을 펼
쳐 소리 내어 읽는다.

자리에 누운 엄마는 창문 쪽을 올려다보면서 계속해서 내 목을
간질였다. 그리고 꿈에 대해서 이야기했다. 밤이 되면 달빛을 먹

을 수도 있을 것 같은 그런 꿈에 대해서. 또한 소망에 대해서.

– 소망은 항상 당나귀나 당근처럼 눈앞에 선명하게 나타나야 해. 우리들은 소망을 이루려 애쓰면서 다시 일어설 힘을 찾을 수 있지. 어떤 종류의 것이든 소망을 높이, 이마보다 한 뼘 더 높은 곳에 가지고 있을 수 있다면, 그건 늘 살 만한 가치가 있는 삶일 거야.[1]

《바다에는 악어가 살지》는 아프가니스탄 하자라족 출신의 소년 에나이아트가 파키스탄, 이란, 터키, 그리스를 거쳐 이탈리아에 정착하기까지 칠 년간의 험난한 여정을 그린 실화 소설이다. 쉽게 읽히는 길지 않은 이 소설 속에는 마음속에 오랫동안 자리할 문장들로 가득하다.

에두아르는 《바다에는 악어가 살지》를 얼른 집어 휴대폰 상자 위에 올려놓는다. 그러곤 계속해서 다른 책을 살핀다. 단속에 들어갈 타이밍이다.

"오늘은 돈을 너무 많이 썼어. 그냥 이 책 한 권만 사."

"이건 베로니크한테 선물할 건데? 우리 책은 한 권도 안 산 거잖아?"

"사놓고 아직 읽지 않은 책이 집에 쌓여 있으니 일단 그것들부터 읽어. 당분간 책 구매는 금지야!"

에두아르는 잠깐 울상을 지었지만, 이내 포기한다. 아무리 훔친 놈이 나쁜 거지 잃어버린 놈이 나쁜 게 아니라 억울해도, 최신형 휴대폰을 산 지 두 달 만에 다시 휴대폰을 사게 된 것에 대한 반성일 테다.

집에 돌아와 《바다에는 악어가 살지》를 읽기 시작한다.

"베로니크한테 선물할 거라면서?"

"난 아직 이 책 안 읽어봤거든."

"보통 책을 선물할 때는 읽어본 책 중에 좋았던 걸 선물하지 않나?"

"네가 좋은 책이라며?"

"손자국을 남기면 집에 있던 책을 가져다주는 것 같잖아!"

"그래서 조심해서 읽고 있잖아."

나름 조심하는 듯하다. 손에 연필이 없다.

다음 날 저녁, 그가 프낙 비닐 쇼핑백을 들고 귀가했다. 프낙에 또 갔었냐는 물음에 휴대폰 케이스를 꺼내 보여준다. 골라도 어째 이런 색을 골랐을까? 욕 나올 만큼 촌스럽고 없어 보이는 분홍색이다. 늘 옷을 아무렇게나 입고 다니는 거지 차림의 에두아르가 이딴 색 휴대폰을 들고 다니면 정말 궁상의 극치겠다!

"이 색이 제일 싸서 고른 거야. 그런 눈으로 쳐다보지 마…."

쇼핑백 안에 뭔가 더 들어 있는 것 같다. 안 봐도 뭐가 들어 있을지 충분히 짐작할 수 있다.

나탈리 아줄레의 《티투스는 베레니스를 사랑하지 않았다》.

"베로니크한테 선물하려고. 《바다에는 악어가 살지》는 베로니크가 이미 가지고 있을 것 같아서."

왠지 그에게 속고 있는 느낌이다. 그는 내가 베로니크를 무척 좋아한다는 것을 안다. 그녀에게 선물할 책을 샀다고 하면 잔소리를 듣지 않아도 될 거라 계산한 게 분명하다. '당분간 책 구매 금지령'에 대처하는 책벌레의 잔머리임에 틀림없다.

그는 바로 《티투스는 베레니스를 사랑하지 않았다》를 읽으려 한다.

"또 안 읽은 책을 선물할 생각이야?"

책벌레의 속셈이 훤히 들여다보이지만 모르는 척 물었다.

"출간된 지 얼마 안 된 책이야. 신문이랑 라디오에서 이 책이 장 라신을 부활시켰다고 입을 모아 칭찬하더라고. 베로니크가 예전에 라신의 비극 〈베레니스〉를 보고 와서 좋아했었거든."

이 말을 곧이곧대로 믿어야 할지 어떨지는 모르겠지만, 일단 믿어보기로 하자.

며칠 후, 당숙아저씨 집에 저녁 초대를 받았다. 당숙 집에 가기 전에 파리 시내에서 영화 〈마가렛트 여사의 숨길 수 없는 비밀〉을 보기로 했다. 에두아르는 집안어른 집을 방문할 때는 옷차림에 신경을 쓴다. 그렇다고 옷을 고르는 데 많은 시간을 허비하지는 않는다. 갖고 있는 옷이 많지 않기 때문에 선택의 폭이 좁다. 오늘도 어김없이 미테랑 정권 때 샀을 법한 카키색 하운즈투스 체크무늬 정장 상의를 골라 입는다. 나는 그가 이 옷을 입을 때면 좀 떨어져서 걷고 싶다.

영화는 무척 재미있었다. 우리는 배우 카트린 프로의 완벽한 음치 연기를 칭찬하며 지하철역을 향해 걸었다. 가는 길에 서점이 눈에 들어온다. 에두아르는 자동반사적으로 쇼윈도 앞에 서서 진열된 책을 들여다보더니 너무도 자연스럽게 서점 문 안으로 흡수되듯 들어간다. 신간 코너에서 책 한 권을 집어 든다. 알랭 핑켈크로트의 《유일한 정확함》이다.

"이 책 베로니크한테 선물하면 좋을 것 같은데?"

"뭐? 이 세상 모든 책이 베로니크한테 선물하면 좋을 것 같지? 나탈리 아줄레 책은 어디다 써먹으려고?"

"아, 그 책? 난 그 책 별로였어. 마음에 들지 않는 책을 선물하기가 좀 그래서."

"내가 속을 줄 알고? 베로니크 핑계로 네가 읽고 싶은 책을 사는 거지? 베로니크에게 줄 책은 내가 고를 거야! 그러니까 그 책 내려놔. 앞으로 한 달 동안 우리를 위해 사는 책은 없어! 이달에 우린 예상하지도 않았던 휴대폰 값을 이미 날렸다고!"

에두아르는 내가 휴대폰을 운운하자 바로 꼬리를 내린다. 이번엔 내가 베로니크를 위해 한 권 골랐다. 아멜리 노통브의《오후 네시》이다.

"이 책은 나는 이미 읽었고, 확신하는데, 베로니크가 무척 좋아할 거야!"

당숙아저씨 집으로 향하는 지하철 안에서 에두아르는《오후 네시》를 아직 읽어보지 않았다며 책에 손을 댄다.

사람은 스스로가 어떤 인물인지 알지 못한다. 자기 자신에게 익숙해진다고 믿고 있지만 실제로는 정반대이다. 세월이 갈수록 인간이란 자신의 이름으로 말하고 행동하는 그 인물을 점점 이해할 수 없게 된다.[2]

첫 문장을 소리 내어 읽더니 "으흠!" 하며 흥미를 보인다. 구겨지지 않게 조심해서 읽으라고 당부한 후 눈을 감고 쉬었다. 잠시 후 눈을 떠보니 에두아르가 휴대폰을 꺼내 당숙아저씨에게 문자 메시지를 쓰고 있다. 서점에서 시간을 보내느라 초대받은 시간보다 늦을 것 같다. 어깨뽕이 산처럼 솟아 있는 재킷 차림으로 촌스러운 분홍색 휴대폰을 열어 메시지를 쓰고 있는 궁상맞지만 해맑은 꼬라지를 보고 있자니, 왠지 그가 안돼 보인다. 나름대로 돈을 절약하려고 읽지 않은 책들만 선물로 고르는 것도 갑자기 측은해진다.

에두아르는 나를 짜증나게 만드는 전형적인 유형의 인간이다. 불쌍해서 외면할 수 없는 인간. 에휴, 책 구매 금지령을 풀어줘야겠다. 그나저나 그 신발이 세일 때까지 남아 있어야 할 텐데….

파리엔 한국 서점이 없다

　결혼 후 우리는 초대받아 다니느라 정신이 없다. 가족, 친구 할 것 없이 우리를 초대한다. 주말에는 지방도시도 뛴다. 이쯤 되면 연예인 수준이다.

　시댁은 대가족이다. 에두아르에게는 세 명의 형과 두 명의 누나가 있고, 이모 세 명, 외삼촌 두 명, 고모 두 명, 수많은 사촌과 조카, 조카손주, 오촌당숙 등이 있는데, 이 모든 가족 간의 왕래가 잦다. 나는 이 어마한 가족에 가장 최근에 합류한 식구이자, 유일한 외국 국적자이며, 피부색이 다른 인종이다. 이런 나를 가족들은 앞다투어 초대하고 있다. 새식구를 환영한다는 의미도 있지만, 다른 문화권 사람에 대한 호기심도 적지 않은 듯하다. 가족들은 내가 엄청 예의 바르고, 채식을 즐기며, 식후에는 커피가 아닌 녹차를 마실 거라고 생각한다.

토요일, 셋째형 부부가 점심 초대를 했다. 오르세미술관 옆, 시숙 부부의 아파트에 들어서자 사람들로 북적이는 소리가 난다. 우리 부부 말고도 초대받은 사람이 많은 듯하다.

'아, 오늘 점심 메뉴는 남북문제가 되겠군….'

식사하는 동안 내게 쏟아질 질문 리스트가 상상된다. 제발 이번엔 '전시작전통제권'에 대한 이야기는 나오지 않기를 바란다. 내 나라의 불편한 사실을 설명해야 할 때마다 마음이 껄끄럽다. 나와 처음 이야기를 나누게 되는 프랑스인들의 화두는 항상 한국의 상황이었고, '남북문제'는 빠질 수 없는 토론거리였다. 이탈리아인들이 이탈리아에 대한 나의 느낌을 주로 물었던 것과는 많이 다르다. 내게 프랑스인과 이탈리아인의 차이에 대해서 묻는다면, 프랑스인은 '요즘 한국은 어때?'라는 질문으로, 이탈리아인은 '이탈리아 어때?'라는 질문으로 다가오는 사람들이라고 대답하겠다.

시숙은 샴페인을 한 손에 들고 모두에게 나를 소개한다. 모두들 눈을 반짝인다. 비싼 샴페인 때문인지, 내가 한국인이라

는 것 때문인지 알 수 없다. 곧이어 지정된 점심상에 착석하고,
식사가 시작됨과 동시에 질문이 쏟아진다.

"한국과 일본의 불편한 관계에 대해서 들은 적이 있습니다.
그 이유에는 위안부 피해자 여성들에 대한 문제가 크지요?"

오늘은 적어도 '전시작전통치권'에 관한 이야기는 나오지 않
겠다는 생각에 안심이다. 일본군 위안부 문제는 우리에겐 아픔
이고 일본에겐 부끄러움이다. 아픔은 창피한 일도 반성해야 할
일도 아니지만 부끄러움은 반성이라는 의무를 져야 한다. 위
안부 피해자 여성에 대한 이야기로 시작된 대화는 식민 정책
을 거쳐 2차 세계대전으로 진행된다. 위안부 문제에 대해 우리
만큼 생각한 적이 없으며, 식민 정책이라면 프랑스도 큰소리칠
입장은 못 되는 터라 이야기의 꽃은 세계대전을 거쳐 파시즘과
나치즘으로 만개한다.

식사를 마친 후 커피 타임에 이어지는 대화에도 수많은 정치
인과 작가들의 이름, 문학작품의 제목들이 오간다. 프랑스어가
서툴러 대화에 동참하지 못하는 내가 신경 쓰였는지, 에두아르
가 대화 속에 등장한 프레드 울만의 《Reunion》이라는 소설에
대한 나의 의견을 이탈리아어로 묻는다. 나는 '프레드 울만'이
라는 작가는 이름도 들어본 적이 없다고 했다.

집에 돌아오자마자 에두아르는 《Reunion》의 한국어 번역판 주문을 재촉한다. 무척 좋은 작품이라고 한다. 아무리 검색해도 '프레드 울만'이란 작가가 쓴 책이 검색되지 않는다.

"이 책 한국에는 소개가 되지 않은 것 같아. 아무리 찾아도 없어…."

에두아르는 내가 '프레드 울만'을 몰랐다는 것보다 그 책이 아직도 한국에 번역되지 않았다는 사실이 충격적인 듯하다. 그 충격이 내 나라에 대한 무시로 이어지지 않기를 바랄 뿐이다. 에두아르는 《Reunion》의 프랑스어 번역판을 챙겨주며 읽어보라고 권한다.

"혹시 파트릭 모디아노의 책은 한국에 번역되어 있어?"

반가운 이름이다.

"응! 대빵 많이!"

마치 한국 출판계 대변인이라도 된 듯 자랑스럽게 대답하고 말았다.

그는 책장에서 모디아노의 《도라 브루더》라는 소설을 꺼내 온다.

"이 책 읽어봤어?"

"아니…. 아직."

"이 책은 읽기 수월할 거야. 문장이 간결하고 어려운 단어도 많지 않고. 그래도 한국어 번역판하고 같이 보는 게 읽는 속도가 날 테니, 이번 주말에 한국 서점에 가서 번역본을 찾아보자."

"파리에 한국 서점이 있을까? 로마에는 없었는데…."

"로마에는 한국 교민이 많이 없잖아. 파리에 사는 한국인이 얼마나 많은데! 설마 한국 서점이 없겠어? 내가 인터넷으로 찾아볼게."

잠시 후 인터넷으로는 한국 서점을 찾지 못하겠다며 머리를 긁적인다.

"너무 작아서 인터넷으로 찾을 수 없을 수도 있어. 이번 주말에 직접 나가서 찾아보자! 일본문화회관 근처에 아시아 관련 숍이 많으니까 그쪽으로 돌아보면 분명히 있을 거야."

주말 이른 오후, 우리는 일본문화회관 근처를 샅샅이 뒤지기 시작했다. 한국 서점은 없다.

"오페라하우스 근처에도 아시아 관련 숍이 많으니까 그쪽으로 가보자!"

에두아르는 파리에 한국 서점이 없다는 건 상상도 못하는 듯하다. 오페라하우스 주변을 뒤지기 시작했다.

"저기! 저기! 한국 서점 아니야?"

에두아르의 손가락 끝으로 시선을 돌렸다. 한자로 '本'이라는 간판이 걸려 있다. 그의 눈에는 '本'이 한글로 보인 모양이다. 신이 난 에두아르와는 달리 나는 '왜 하필이면' 싶다. '本'은 일본어로 '책'이라는 뜻이다. 파리에 일본 서점은 있는 것이다. 그 서점은 일본의 유명한 중고책 서점 '북오프(Book off)'였다. '북오프'가 파리에 있다는 건 내겐 좋은 소식일 수 있다. 외국어 중에 일본어를 가장 잘하는 나는 일본어로 책을 읽는 데 큰 어려움이 없다. 굳이 비싼 해외배송비를 내가면서 한국 인터넷 서점에 주문을 하는 대신 이곳에서 일본어 번역서를 사서 읽으면 된다. 그런데 전혀 반갑지 않다. 그저 일본 서점도 없었다면 하는 생각으로 가득하다. 일본과 한국이 비교당할까 걱정이다. 타향살이가 잦았던 이유에서일까? 나는 어쩌다 애국자가 되어 있는 느낌이다.

"이거 일본 서점이야…."

"그래? 넌 일본어를 할 수 있으니, 상관없잖아. 그래도 한국 서점을 찾아보자."

에두아르는 일본 서점이 있으면 한국 서점도 당연히 있을 거라 생각하는 듯하다.

"파리에는 한국 서점이 없는 것 같아.《한 달쯤, 파리》쓸 때 파리 구석구석 걸어서 안 가본 곳이 없어. 그때 한국 서점은 본 적 없어. 만약 있었다면 책에 썼을 거야."

에두아르는 '아차!' 하는 눈치다. 내가 몇 개월 동안 파리 전체를 거의 걸어 다녔다는 것을 잊고 있었나보다.

"한국인들은 책 안 읽어? 파리에 사는 한국 교민이 얼마나 많은데, 서점 하나가 없을 수 있어?"

다분히 비난조 말투이다. 무슨 말을 해도 변명으로밖에는 들리지 않을 것 같아 아무 말도 하지 못했다. 책은 생활필수품이 아니다. 책이 없어도 우리가 먹고사는 데 아무런 불편이 없다. 먹거리가 없고 잠자리가 없다는 것은 비참한 일이지만 창피한 일은 아니다. 책은 문화를 키우는 거름 같은 것이다. 문화수준을 대변해 주는 물건이다. 한국은 이제 먹거리를 걱정해야 하는 나라가 아니다. 그래서 파리에 한국 서점이 없다는 것이 부끄럽다.

– 뒷이야기

이 에피소드는 2013년 봄에 있었던 일로, 프레드 울만의

'Reunion'은 《동급생》이라는 제목으로 2017년 2월 '열린책들'에서 번역 출판되었다. 2020년 6월, 현재까지 파리에는 한국 서적 전문 서점은 없다.

책벌레와 이사하는 건 힘들어

집이 좁아서 안 그래도 바쁜 그가 더 바쁘다. 이사하기로 했다. 바쁜 것과 집이 좁은 것이 무슨 상관이 있냐고 하겠지만, 에두아르의 경우는 상관이 많다. 그르노블의 국제고등학교에서 일하던 그는 결혼을 앞두고 파리 근교의 한 사립고등학교로 일자리를 옮긴 후 생제르맹앙레에 작은 아파트를 얻었다. 우리의 신혼살림이 시작된 곳이다.

생제르맹앙레는 파리에서 20킬로미터 정도 떨어진 부촌 마을로 루이 14세가 태어난 곳이기도 하다. 커다란 숲과 잘 갖추어진 상점가, 편리한 교통 때문에 집값이 무척 비싸다. 교사 월급으로는 이곳에서 큰 아파트를 빌릴 수 없었을 것이다. 에두아르 혼자 살던 그르노블의 아파트와는 비교도 안 되는 크기의 생제르맹앙레의 아파트에서 두 사람이 같이 살아야 한다. 당장 사용하지 않는 물건들은 창고를 대여해 맡겨 놓았다. 그가 소장하고 있는 책 중에 자주 보지 않는 책들은 파리 16구 트로카데로의 시어머니집과 지방에 있는 가족별장에 분산해 놓은 상태다. 이것이 그를 바쁘게 만드는 이유다. 몇 년간 펼쳐보지 않은 책들을 주로 분산해 놓았는데 '개똥도 약에 쓰려면 없다'고 막상 그 책들이 없으니 필요할 때가 속출한다. 책을 찾으러 어머니댁과 별장을 왔다갔다하면서 버리는 시간이 생각보다 많다. 우리가 이사를 결심한 결정적인 이유는 그러니까 '책' 때문이다.

이사 결정 이후 우리는 평일이고 주말이고 할 것 없이 집을 보러 다녔다. 하루에 두세 곳을 방문하기도 했지만, 마음에 드는 집이 좀처럼 나타나지 않았다. 매사에 허술하고 덜렁대는 에두아르지만 집을 찾는 데는 꼼꼼하다 못해 까탈스럽다. 아무리 집이 마음에 들어도 주변 환경이 별로면 거들떠보지도 않는다. 그에게 있어 좋은 주변 환경이란, 우선 주위에 숲이나 큰 공원이 있어야 할 것, 가능하면 문화유산이 남아 있는 역사적인 곳일 것, 마을 도서관이 어느 정도의 규모는 갖춰져 있어야 할 것 등이다. 에두아르는 이 까다로운 조건을 부동산업자에게 는 말하지 않았다. 본인이 생각해도 부르주아적 발상이라 생각 한 것 같다. '자유, 평등, 우애'가 국가 슬로건인 프랑스에서 부 르주아적 사고를 드러내는 것은 조심스러운 일이다. 프랑스인 들은 내가 생각했던 것보다 훨씬 사회주의적 성향이 강하다.

부동산에서 연락이 왔다. 우리가 원하는 조건에 맞는 집이라 고 해서 찾아간 곳은 독일인 부부가 본국으로 돌아가기 전에 급하게 내놓은 아파트다. 급매물이라 위치와 규모에 비해 싸게 나왔다.

그 집에 들어가는 순간 숨이 턱 막힌다. 부동산에서는 분명 히 100평방미터(약 30평)라고 했는데 전혀 그렇게 보이지 않는 다. 프랑스에서 아파트 평수를 말할 땐 테라스나 발코니 같은 공간이 포함되지 않기 때문에 같은 평수라도 한국의 아파트보 다 훨씬 넓다. 그런데 이 아파트는 오히려 더 좁아 보인다. 뭔 가에 짓눌려 있는 듯한 느낌이랄까? 거실 벽 양쪽으로 들어서 있는 책장에 책들이 빼곡하다. 아, 이것 때문에 좁게 느껴졌구 나! 에두아르의 시선은 자연스레 책장으로 향한다.

"우리 집에 책이 좀 많죠! 이게 다 집사람 책이에요. 제 부인 은 지독한 책벌레거든요. 이 사람은 한시도 책 없이는 못 살아

요. 책을 안 읽으면 무슨 큰일이라도 나는 줄 안다니까요. 나
참."

말은 그렇게 하면서도 주인남자는 자신의 부인이 책벌레라
는 것이 무척 자랑스러운 듯 말했다. 옆에 있는 독일 책벌레 부
인은 우쭐한 표정을 짓는다.

"아, 네. 책이 많네요. 저도 책 읽는 것을 좋아해요."

에두아르는 이렇게 말하며 책장의 책들을 들여다보다가 책
한 권을 꺼내 휘리릭 넘긴다. 그는 찾고 있는 페이지를 찾았는
지 반가운 표정을 짓더니 독일어 문장을 소리 내어 읽는다.

"나에겐 맛있다고 생각되는 음식이 없습지요. 맛있는 음식이 있
다면 까짓거 사람들의 인기 같은 것을 얻으려 할 것 없이 당신이
나 다른 사람들처럼 실컷 배불리 먹고 살아왔을 겁니다." 이 말이
단식 광대의 입에서 나온 최후의 말이었다.[3]

카프카의 단편 〈단식 광대〉의 일부분이다.

"어머! 독일어를 할 줄 아세요?"

"네, 제가 제일 좋아하는 외국어예요. 얼마 전에 카프카의
〈유형지에서〉로 수업을 한 적이 있는데, 아, 제가 학교 선생이

거든요. 수업하면서 카프카의 원문을 그대로 느낄 수 없는 번역문이 많이 아쉬웠죠. 카프카의 글은 독일어 원문으로 읽어야 제대로 느낄 수 있지요."

"네! 전적으로 동감해요. 사실 문학은 작품이 전하는 의미만이 전부가 아니잖아요? 저도 발자크의 글을 독일어로 읽으면 그 문장의 아름다움을 반으로 깎아내린 느낌이 들어요."

"발자크의 글을 독일어로 읽어보고 싶네요. 하하하."

"훨씬 별로라니까요. 호호호."

나도 두 사람의 의견에 전적으로 동감한다. 세계 문학사상 가장 아름다운 도입부라는 찬사를 받는 가와바타 야스나리의 소설《설국》만 해도 그렇다.

国境の長いトンネルを抜けると雪国であった。夜の底が白くなった。

국경의 긴 터널을 빠져나오자, 눈의 고장이었다. 밤의 밑바닥이 하얘졌다.[4]

이 아름다운 간결한 문장은 일본어로 읽지 않으면 그 아름다움의 극치를 느낄 수 없다. 그건 그렇고 우연히 만난 두 책벌레는 짝짜꿍 죽이 맞아 신나게 수다를 떨고 있다. 프랑스와 독일 문학에 대해, 번역서에 대해 열을 올리고 있는 책벌레들의 대화는 과연 오늘 중에 끝이 날까? 책장 앞에서 떠드는 두 사람을 보며, 혹시 둘 다 우리가 여기 왜 같이 있는지 잊어버린 건 아닐까 걱정스럽다. 이래서야 집은 언제쯤 찾을 수 있을까? 책벌레와 사는 것도 힘든 일이지만 책벌레를 데리고 이사하는 것은 더 힘든 일이다.

책벌레의 에로티카

부동산에서 연락을 받고 생클루의 한 아파트를 보고 돌아오는 길, 교차로에서 신호대기에 걸렸다. 라디오에서는 바이올린 연주가 흘러나온다. 카미유 생상스의 〈서주와 론도 카프리치오소〉이다. 우리가 이 교차로를 지날 때면 우연처럼 항상 신호대기에 걸렸고, 매번 라디오에서는 좋은 음악이 흘러나왔다. 신기하다.

"이 마을도 한번 들러볼까?"

마을의 이름은 '루브시엔'이다. 진입로부터 엄청 예쁘다. 에두아르는 성당 앞 작은 광장에 차를 세우고, 시청 건물 안 마을 도서관으로 발길을 옮긴다.

"도서관도 참 예쁘다. 천장이 높아서 답답한 느낌도 없고!"

루브시엔에 한눈에 반해버린 나는 에두아르가 도서관 규모가 작다고 태클을 걸까봐 조금 오버해서 말한다.

"분위기는 좋네. 그런데 책이 별로 없네…."

"우리가 이 마을에서 도서관을 열까? 네가 가지고 있는 책으로만 시작해도 충분할걸. 내가 사서를 할게."

그도 루브시엔이 마음에 들었는지 내 농담을 긍정적으로 받아친다.

"그럴까?"

도서관을 나오는 길, 도서관 입구와 연결되어 있는 시청 로비 데스크의 직원은 우리가 루브시엔에 관광 왔다고 생각한 듯하다. 마을 소개를 시작한다.

루브시엔은 인상파 화가 카미유 피사로, 알프레드 시슬레, 오귀스트 르누아르가 살았던 곳이고, 그들의 작품 배경이 된 곳이다. 또한 생상스, 쿠르트 바일 같은 음악가들이 거쳐 간 예술가의 마을이기도 하다.

'생상스'라는 말에 에두아르와 나는 눈을 마주쳤다. 라디오에서 생상스 음악이 흘러나오던 우연이 인연이 될 것 같은 느낌이다. 가벼운 미소를 인사로 대신하고 돌아서는데, 직원이 친절하게 마을의 볼거리를 알려준다. 루브시엔에는 뒤 바리 부인의 성城, 루브시엔 상수로, 르 브룅이 살았던 집 등이 있다고 한다.

우리는 먼저 마을 외곽에 있는 '뒤 바리 부인의 성'으로 발길을 옮겼다. 성으로 향하는 길 중간중간에 피사로와 시슬레의 그림들이 팻말로 세워져 있다. 그림 속 풍경과 똑같은 풍경이 눈앞에 있는 것이 신기하다. 그야말로 그림과 같은 그림 같은 풍경이다.

'뒤 바리 부인의 성'을 거쳐 루브시엔 상수로로 물을 끌어 올렸던 파이프관을 둘러본 후, 루브시엔 기차역 표시를 따라 걸었다. 내리막길 옥색 대문 옆에 돌로 된 현판이 붙어 있고, 그곳에 "미국 여류 소설가 아나이스 닌(1903-1977), 1931년부터 1935년까지 이 집에 살았다"라고 쓰여 있다. (프랑스에서는 역사적 인물이나 역사적 사건이 있었던 곳에 돌로 만든 현판을 붙여 놓는다.)

"우힛힛힛히! 그래! 맞아! 책 속에 등장했던 마을 이름이 루브시엔이었어!"

에두아르가 몹시 기분이 좋을 때 내는 웃음소리다.

"이 작가 책, 집에 있어?"

"응, 있어. 읽어보게? 네가 아나이스 닌의 책을 좋아할 거 같지는 않지만, 읽어봐."

내 취향이든 아니든, 작가가 루브시엔을 어떻게 묘사하고 있는지 궁금하다. 집에 돌아와 에두아르는 아나이스 닌의 책을 찾아 나에게 건넨다. 꽤 두껍다.

《사랑의 일기》라는 제목 아래에 '1932년~1939년까지의 미출간, 무삭제 일기'라고 쓰여 있다. 미출간에 무삭제라? 이 책 뭐지? 살벌하게 잔인한가? 아니면, 무지하게 야한가? 둘 다 에두아르의 취향은 아닌 것 같은데…. 잔혹물이든 에로물이든, 그녀의 일기 안에 등장하는 루브시엔을 얼른 읽고 싶다. 에두아르가 소장하고 있는 책이라면 일단 형편없지는 않을 거라는 믿음도 있다. 책의 두께에 지레 겁먹은 나는 처음부터 차근차근 읽을 생각은 애당초 접고 '루브시엔'이 언급된 부분을 골라 읽을 생각이다. 친절한 에디터가 책 뒤편에 '찾아보기'를 편집해 놓았다.

1932년 10월 23일부터 칠 년간 쓴 그녀의 일기 속에 루브시엔은 무수히 등장하지만 루브시엔에 대한 묘사는 거의 없다. 그저 오전에 봤던 옥색 대문 그녀의 집으로 '헨리'라는 남자가 자주 온다. 남자의 직업은 작가다. 이래서는 아나이스 닌이 본 루브시엔을 엿볼 수 없다. 루브시엔이 등장하는 페이지를 다 읽기로 했는데 책 내용에 슬슬 짜증이 밀려온다. 작가 아나이스 닌의 생활은 난잡하기 짝이 없다. 남편이 아닌 다른 남자와의 육체적 혹은 정신적 사랑, 불륜까지는 그럴 수 있다 치자. 아나이스 닌은 헨리를 사랑하면서도, 그의 부인인 '준'과도 사랑을 나눈다. 페이지를 넘기면서 일기 속 '헨리'라는 인물이 《검은 봄》과 《북회귀선》이라는 책으로 우리에게 알려진 '헨리 밀러'라는 사실을 알게 되었다.

"어때? 읽을 만해?"

에두아르가 이상야릇한 눈빛을 하고 묻는다. 저 눈빛의 의미는 무엇인가? 나는 대답 대신 그를 째려봤다.

"그 눈빛의 의미는 뭐야? 푸하하하! 이 책 네 취향 아니라고 내가 그랬잖아!"

"네 취향이긴 하고?"

에두아르는 소리 내어 웃더니 변명인지 뭔지 알 수 없는 소리를 늘어놓는다.

이 책은 심리학자인 그의 누나 아가트가 런던으로 이민 가기 전에 주고 간 책이라고 한다. 아가트는 오토 랑크 때문에 이 책을 읽었는데, 괜찮은 책이라며 에두아르에게도 권했다. (오토 랑크는 심층심리학을 대표하는 학자 중 한 명으로 아나이스 닌의 연인이기도 했다.) 문체가 단조로워 문학적 가치를 따지자면 높은 점수를 줄 수 없지만, 사랑이란 감정으로 느끼는 작가의 갈등과 불안, 괴로움을 통해 인간의 숨김없는 내면을 들여다볼 수 있게 하는 흥미로운 작품이기도 하단다. 그러니까, 이 야한 책은 자기 돈으로 산 책도 직접 고른 책도 아니지만 자기 취향이긴 하다는 말인 거지?

"흥! 꾸준히 등장하는 야한 문장이 매우 흥미로웠겠지! 하여튼 남자들이란 동서양을 통틀어 하나같이 똑같아요! 너희 남자들은 야한 거라면 사족을 못 쓰지? 솔직히 말해봐. 몰래 숨어서 사부작사부작 찾아 읽은 야한 책이 몇 권이나 되는지!"

"너 완전 유치해! 난 한번도 책을 숨어서 읽어본 적 없어. 왜 책을 숨어서 읽어? 그리고 나는 특별히 에로소설을 찾아 읽어본 적도 없어. 왜 야한 책을 찾아서 읽어? 굳이 찾지 않아도 문학에는 야한 문장이 널려 있는데 말이야. 메롱메롱, 우힛힛힛히!"

저 메롱과 웃음의 의미는 무엇인가? 대체 어떤 책을 떠올린 것인가? 어떤 문장이 그를 이토록 기분 좋게 하는 것인가? 혹시 이 책벌레가 책에 미치게 된 것은 문학 속에 널려 있다는 야한 문장들 때문인가?

용서받고 싶다면 읽어라?

"오늘은 제발 못 좀 박아! 내가 벽에 못을 박을 줄 알았으면 만 년 전에 천만 번도 더 박았을 거다!"

"알았어, 알았어. 열 장 남았어. 오케이?"

정말 열받는다. 여기서 열 장 남았다는 얘기는 지금 읽고 있는 책을 그만큼만 더 읽으면 다 읽었거나 그만 읽겠다는 소리다. 평소 같으면 열 줄 남았을 텐데, 오늘은 열 장이다. 오늘도 못 박을 가능성은 없다는 뜻이다.

이사 온 지 한 달이 넘었는데도 거실 바닥에 액자들이 널브러져 있다. 몇 날 며칠 동안 못만 박아주면 벽에 거는 일은 내가 하겠다고 잔소리를 했지만 그는 알았다고만 할 뿐 행동으로 옮기지 않는다. 못을 박지 않는 이유는 많다.

"너무 이른 시간이라 이웃에게 방해가 된다."

"너무 늦은 시간이라 이웃에게 방해가 된다."

"식사시간이라 이웃에게 방해가 된다."

남은 열 줄이나 열 장을 읽고 나면 매번 시간이 애매한 것이다. 이쯤 되면 '친절한 이웃상'이라도 수여해야 할 판이다. 어쩌다 못 박을 시간대가 맞으면 이번엔 "너무 피곤해서 내일 하겠다"고 한다. 만약 프랑스인이 한국인처럼 일을 했다면 모조리 과로사했거나 울화병으로 미쳤거나 난동을 일으켜 도시를 엉망으로 만들었을 것이다.

시간대도 맞고 피곤하지도 않을 때면 이번엔 "적당한 못이 없어서 일단 못부터 사와야 하는데, 못 파는 가게가 너무 멀어. 다음에 지나는 길에 못을 사 와서 박을게"라고 한다. 이러저러한 핑계를 대며 에두아르는 오늘도 분명 못을 박지 않을 것이다. 정말이지 있는 힘을 다해 폭력을 행사하고 싶다.

엄마한테 전화해서 하소연이라도 해야 속이 풀릴 것 같다. 책을 읽느라 며칠째 못을 안 박았고, 지금도 남은 열 장을 읽느라 못을 안 박고 있는 에두아르가 미워 죽겠다고 했다.

"에두아르가 술을 마시고 늦게 들어오는 것도 아니고, 노름을 하는 것도 아니고, 바람을 피우는 것도 아니고. 책을 읽는다고 미워하다니…. 책은 안 읽어서 탈이지, 책을 읽는다고 어떻게 화를 낼 수가 있니? 안 그러냐?"

못을 안 박는지 못 박는지 알 수 없는 남자와 사는 딸내미의 하소연을 듣는 내내 맞장구를 쳐주던 엄마는 결국엔 책을 읽느라 그런 것이란 이유로 그를 쉽게 용서해 버린다. 엄마와 통화한 뒤 더 스트레스를 받은 나는 전화를 끊자마자 바로 로마에 사는 동생에게 전화해서 남편 욕을 해댔다.

"낮잠을 자는 것도 아니고, TV를 보는 것도 아니고, 게임을 하는 것도 아니고. 책을 읽는 거니까 뭐라 하지도 못하고…. 속상하겠다."

동생은 엄마처럼 '바람피우고, 노름하고 술 퍼마시고 다닌다'는 극단적으로 속 터지는 예는 들지 않았지만, 그가 책을 읽고 있다는 이유로 당장 못을 안 박는 것을 당연하게 여기는 건 마찬가지다. 진정 독서는 방해해서는 안 되는 것인가?

친정식구들과 통화하면서 더 열받아 있는데 마침 친구 영은이 안부 카톡을 날린다. 앗싸! 나는 얼른 '다 좋은데, 집에 못을 못 박아서 열받아 있다'고 톡을 보냈다. 영은은 내 황당한 메시지에 어리둥절한 모양이다. 나는 자초지종을 설명하고 이번엔 말이 아닌 문자로 남편 욕을 마구 날렸다. 그러자 친구는 이렇게 답을 보냈다.

"예전에 어떤 소설에서 집에 책을 놔둘 공간이 부족해서 처자식을 죽인 남자 이야기를 읽은 적이 있어. 주영아, 너무 열받지 말고, 무엇보다 조심해! ㅋㅋㅋ."

이것은 또 무엇인가? 나의 목숨을 걱정해 주는 친구가 고맙긴 하지만 옆에 있었으면 주먹을 날렸을 것이다. 책을 놔둘 공간이 없어서 처자식을 죽였다고? 대체 누가 그런 황당한 소설을 쓴 거야? 바로 검색 들어간다.

누쿠이 도쿠로의 《미소 짓는 사람》이다. 책이 늘어나 집이 좁아졌다는 이유로 아내와 딸을 죽인 남자를 소설가인 '내'가 남자의 과거를 추적해 나가는 르포르타주 형식의 미스터리 소설이다. 상당히 많은 블로거들이 이 책에 대해 거론하고 있다. 소설을 읽은 독자들의 반응은 한결같다. 주인공 남자의 납득하기 힘든 살인동기에 당황하고 호기심을 느낀다. 나는 주인공의 납득하기 어려운 살인동기보다 작가가 왜 하필 '책을 놓을 공간이 부족해서'라는 것을 살인동기로 설정했을까에 관심이 간다. 작가는 단어 하나, 조사 하나도 신중하게 생각하고 고른다. 하물며 이야기의 가장 큰 모티브가 되는 것을 대충 설정할 리는 없다. 《미소 짓는 사람》의 내용을 보자니 몇 년 전에 읽은 소설이 떠올랐다.

엠마뉘엘 카레르의 《적》이라는 소설 역시 처자식을 살해한 남자의 이야기다. 다만 《미소 짓는 사람》의 주인공인 니토 도시미가 가상인물인 데 반해, 《적》의 주인공 장클로드 로망은 실존인물로 지금도 생존해 있으며, 22년의 형을 마치고 얼마 전 만기 출소했다. 《적》은 1990년대 중반 프랑스를 떠들썩하게 했던 살인자 로망의 실화를 바탕으로 한 실화소설이다. 무직이었던 로망은 무려 18년간이나 세계보건기구(WHO)에서 근무하는 의사 행세를 하며 친지들로부터 거금을 빌려 생활하다가 거짓말이 들통나는 순간 부모와 처자식을 살해했다. 그는 평생 거짓말을 하며 살았다. 작은 거짓말은 또 다른 거짓말을 낳아 눈덩이처럼 늘어났다. 평생 갈고닦은 거짓말이 들통났을 때, 로망이 선택한 방법은 자신에게 속아온 가족들을 죽이는 것이었다.

니토 도시미와 장클로드 로망, 이 두 살인자의 살인동기 중 우리가 더 쉽게 납득할 수 있는 쪽은 어느 쪽일까? 당연히 '로망'이다. 평생 거짓말을 한 사기꾼이 살인을 했다고 놀라울 것은 없다. 반면 '책'은 사람들이 긍정적으로 생각하는 사물이다.

책을 많이 읽는 사람을 우리는 '안전한 존재'라고 믿는다. 지하철에서 게임을 하고 있는 사람과 책을 읽고 있는 사람 중 당신이라면 누구 옆에 앉겠는가? 나는 책을 읽고 있는 사람 옆에 앉을 것이다. 책을 읽는 사람에 대한 암묵적인 신뢰 덕분에 무의식적으로 그쪽이 더 안전하다고 느끼기 때문이다. 안전하다고 신뢰하는 인물이 살인을 저질렀다면? 그것은 믿을 수 없는 일이다. 납득이 되지 않는 일이다. 장클로드 로망이 '용서할 수 없는 존재'라면, 니토 도시미는 '이해할 수 없는 존재'이다. 실제로 독자들은 니토 도시미에 대해 용서할 수 없다는 격한 반응을 보이지 않는다. 그저 납득이 되지 않아 어안이 벙벙하다.

고등학교 시절, 광화문 교보문고에서 대학생으로 보이는 한 남자가 책을 훔치다 직원에게 들켜 소란이 일어난 것을 본 적이 있다. 직원이 상사에게 전화를 해 도난 사실을 알리려고 했을 때, 한 중년남자가 나타났다. 남자는 직원에게 책값을 대신 지불했다. 그리고 남학생에게 했던 말을 기억한다.

"책을 훔친 것은 장 발장이 빵을 훔친 것과 마찬가지로 창피한 일이 아니다."

이처럼 우리는 독서광에게 관대하다. 그래서 엄마, 동생, 친구 할 것 없이 에두아르가 뺀질거리며 못을 박지 않는 것을 용서하는 것이다.

《미소 짓는 사람》의 작가 누쿠이 도쿠로는 '독서와 책벌레에 대한 우리의 일반적 인식'을 꿰뚫었던 것 같다. 납득하기 힘든 살인동기로 독자들의 호기심을 자극하고 이야기에 몰입하게 만드는 데에는 '책벌레 살인자'가 적격이었을 것이다. 모두가 완벽한 긍정적 행위라고 생각하는 '독서'에 미친 책벌레가 살인을 저질렀다니! 누가 이런 이야기에 솔깃하지 않을까?

복도 너머 서재에서 말소리가 들려온다. 에두아르는 책 속에서 마음에 드는 문장을 발견할 때면 반드시 소리 내어 읽는 괴상한 습관이 있다. 가끔 고전 그리스어 문장을 큰 소리로 읽을 때면 미친 마법사가 주문을 외는 것 같아 섬뜩하다.

"기가 막혀서! 저는 그가 하루에 열 시간 넘게 앉아서 작업을 하다가 지쳐서 정신을 잃는 걸 본 적도 있습니다. 그리고 자신의 생명 전부를 걸고 작품에 열중하다가 거기에 미쳐 스스로 목숨까지 끊은 남자를 어떻게 게으르다고 할 수 있습니까! 게다가 무식하다니, 그런 바보 같은 말이 어디 있어요! 저들은 어떤 새로운 것을 제시하는 사람을 결코 이해하지 못할 겁니다. 뭔가 새로운 것을 제시하는 영광을 가지려면 그전에 이미 수용된 지식으로부터 반드시 벗어나야 한다는 사실을 그들은 절대로 이해할 수 없거든요."[5]

에밀 졸라의 소설 《작품》이다. 오늘은 문장에 감동하셔서 소리 내어 읽는 게 아니다. 분명 나 들으라고 읽는 거다. 못 박으라는 잔소리나 하면서 소파에 누워 여기저기 전화만 하지 말고 《작품》에 등장하는 화가 클로드처럼 미친 듯이 그림을 그려보면 어떻겠냐는 소리인 게다. '정말 내가 인간성이 좋아서 저 뺀질이와 살아주는 거다!' 싶으면서도, 그가 독서가 아닌 게임이나 하면서 못도 안 박고 잔소리를 했다면, 폴 세잔이 소설 《작품》을 읽고 그의 절친 에밀 졸라에게 했던 것처럼 연緣을 싹둑 끊어버렸을지 모를 일이다. 아, 결국 나도 그를 용서하는 것인가? 용서받고 싶다면, 읽어라!

동네 쌈닭의 나름대로 융통성

가만히 있어도 땀이 주룩주룩 흐른다. 이 더운 날, 반창고 하나 사려고 언덕길을 십오 분째 오르고 있다. 엎어지면 코 닿는 곳에 약국이 있지만, 집에서 가까운 약국은 가지 않는다. 건강을 위해 조금이라도 더 걸으려는 것도, 언덕길에 있는 약국의 반창고가 더 저렴해서도 아니다.

새로 이사 온 루브시엔에는 아시아 사람이 거의 없다. 내 튀는 외모 덕분에 동네 사람들은 나를 쉽게 기억한다. 약국 여자도 분명히 내 얼굴을 기억하고 있을 것이다. 약국 여자에게 나는 '멍멍이 지랄꾼'의 가엾은 마누라다.

이탈리아에서 친구 '마띠아'가 놀러 왔을 때다. 프랑스에 처음 와본 마띠아는 이것저것 마구 먹고 돌아다니더니 결국 배탈이 나고 말았다. 에두아르는 마띠아를 데리고 약국으로 향했다. 내가 약국 옆 슈퍼마켓에서 장을 보고 있으면 두 남자는 약을 사서 슈퍼로 오기로 했다. 두 남자는 끝까지 나타나지 않았다. 슈퍼에서 나와 약국 안을 들여다봤다. 에두아르는 얼굴을 벌겋게 해서 뭐라고 떠들고 있고, 마띠아는 난처한 표정으로 어쩔 줄 몰라 하고 있었다. 마침 에두아르의 입에서 이런 이야기가 흘러나왔다.

"당신은 프랑스가 아직도 관광대국이라고 생각합니까? 지난 2월 〈르 피가로〉의 보도에 의하면 올해 들어 130만 명의 외국인 관광객이 줄었다고 합니다. 여기저기서 벌어지는 테러와 넘쳐나는 소매치기 때문입니다."

사정은 이랬다. 에두아르는 약사에게 마띠아가 찾는 배탈약을 달라고 했다. 약사는 마띠아가 혹시 프랑스에 여행 온 것이냐고 물으며 여행지 물갈이로 배탈이 났을 때 잘 듣는 약은 따로 있다면서 다른 약을 권했다. 마띠아는 "늘 먹던 약을 먹어도 나을 것 같다"고 했다. 약사는 자기가 권하는 약이 훨씬 효과적이라고 우겼다. 상황을 파악한 마띠아는 "그럼 약사가 권하는 약을 사겠다"며 가격을 물었다. 약값이 문제였다. 약사가 권한 약은 마띠아가 원했던 약보다 세 배나 더 비쌌다. 에두아르는 늘 그렇듯 머릿속의 생각을 곧이곧대로 숨기지 않고 말했다.

마띠아에 의하면, 에두아르가 "이 약이 비싸서 권한 건가?" 를 따진 것 같다고 한다. 약사는 당연히 반박했을 거고 싸움이 벌어지게 된 것이다. 그렇게 해서 관광대국이 어쩌고 소매치기 가 어쩌고 하는 장황설이 시작된 것일 테다. 뒷말은 안 들어도 뻔하다. "이젠 약사도 외국인 관광객한테 바가지를 씌우니, 머지않아 프랑스를 찾는 외국 관광객은 한 명도 없을 것이며 프랑스 관광산업의 미래는 없다." 이런 소리가 나오기 전에 내가 나서야 했다.

나는 마띠아가 사려고 했던 약을 달라고 해서 서둘러 에두아르를 끌고 나왔다. 분이 덜 풀린 에두아르는 약국을 나오면서도 씩씩거리며 말했다.

"저 여자가 마띠아한테 12유로나 되는 약을 팔려고 했다고! 마띠아한테 말이야!"

취업준비생이었던 마띠아의 경제 사정을 알고 있어 더 화가 났던 모양이다. 그 마음이 갸륵하든 기특하든 어쨌든 간에, 나는 그날 이후 집에서 가까운 약국에는 쪽팔려서 가지 못한다.

내가 에두아르 때문에 '쪽팔려서' 차마 가지 못하는 곳은 집에서 가까운 약국만이 아니다. 집에서 가까운 정육점도 못 간다. 에두아르가 그곳에서도 '한판 떴다'. 양고기를 먹지 않는 내게 정육점 주인이 자꾸 먹어보라고 권한 게 싸움의 발단이었다. 나는 양고기를 안 먹는 것이 아니라 비위에 안 맞아 못 먹는 것이라고 했고, 정육점 주인은 그렇다면 어린 양고기를 먹어보라고 권했다. 나는 어린 양고기는 왠지 죄책감이 느껴져 먹고 싶지 않다고 했고, 정육점 주인은 "한번 먹어보면 생각이 바뀔 거"라며 어린 양고기를 또 권했다. 나는 정육점 주인이 진심으로 맛난 음식을 나도 맛보길 바랐다고 생각했지만, 에두아르의 생각은 달랐다. 고기를 더 팔아먹으려는 수작이라고 생각한 것이다.

에두아르가 '상도덕에 대한 설교'를 시작하자 정육점 주인은 이내 빈정이 상했다. 곧이어 싸움이 시작되었다. 손님에게 억지로 물건을 사게 강요해서는 안 된다고 시작된 말은 '동물학대와 채식주의자'에 대한 이야기로 번졌다. 늘 그렇듯 에두아르는 신문이나 잡지의 기획기사, 관련 서적의 일부를 인용하는 것을 잊지 않았다. 그대로 두면 '지구의 환경 문제'가 거론될 판이었고 싸움은 언제 끝날지 모르는 상황이 될 것이었다. 나는 에두아르를 힘으로 끌고 나와야 했다. 정육점 주인에게 나는 '재수 없는 꼰대'와 사는 불쌍한 여자다.

에두아르가 동네 여기저기를 들쑤시고 다니면서 악다구니를 쓴 것은 한두 번이 아니다. 대쪽 같은 성품의 내 남편 에두아르 님은 어찌나 정의로우신지 작은 불의도 참지 못하신다. 그리고 뒷일 따위 생각지 아니하시고 일단 덤비고 보신다. 아무래도 '선생'보다는 '고발 전문 탐사 기자'를 했어야 했다.

예를 들어 슈퍼마켓 계산대에서 나이 많은 어르신이 줄을 서 있으면, 앞에 있는 사람에게 순서를 양보하라고 권한다. 이때 순순히 양보하지 않으면 잔소리 후렴구를 덧붙인 에두아르식 설교 융단폭격을 각오해야 한다. 동네 기차역에서 담배 피우는 사람을 발견하면 당연히 그곳이 금연구역임을 지적하며 설교에 들어간다. 잘못된 행동을 지적하는 것 자체를 나쁘다고 할 수는 없다. 문제는 에두아르가 그런 지적을 할 때마다 싸움으로 이어진다는 것이다. 도대체 왜일까?

아무리 팔은 안으로 굽는다지만, 솔직히 말해야겠다. 그건 어디까지나 그의 '주먹을 울리는 말투' 탓이다. 영화관에서 뒤에 앉은 사람이 내 머리 때문에 자막 읽기가 힘들다고 하면 못

들은 척 무시하거나 "나도 어쩔 방법이 없다"고 하면 된다. 에두아르는 "내 대갈통을 잘라버릴까요?"라고 깐족댄다.

지하철에서 큰 소리로 통화를 하는 사람에게는 그냥 "조용히 해주세요"라고 부탁하면 된다. 에두아르는 "나는 당신의 사생활이 전혀 궁금하지 않아요"라고 간접화법으로 말을 꺼낸다. 미술관에서 전시품을 만지는 사람에게는 "만지지 마세요"라는 한마디면 된다. 에두아르는 그 한마디에 사설을 붙인다. "알고 있는지 모르겠는데, 우리가 오늘날 이 작품을 볼 수 있는 것은 천 년 동안 아무도 만지지 않았기 때문이다"라는 식의 말을 보탠다.

'알고 있는지 모르겠는데'로 시작하는 대부분의 문장은 사람을 몹시 불쾌하게 만든다. 에두아르의 이런 언어 습관은 사람의 비위를 상하게 만드는 데 매우 효과적이다. 그런 의도를 갖고 말한다고 생각하지는 않지만, 객관적으로 볼 때 그의 화법은 듣는 사람으로 하여금 자신이 잘못한 것보다 훨씬 과하게 훈계를 듣는 기분이 들게 한다. 틀린 말은 아니지만 '내가 이런 말까지 들어야 하나?'라는 생각이 들게 하는 것이다.

프랑스인들은 상호존중을 바탕으로 한 배려를 중요하게 생각하는 만큼 사소하게라도 존중받지 못했다고 생각하면 참지 않고 말을 하는 편이다. 그런 프랑스인들이 기분 나쁜 말투의 설교를 듣고만 있을 리 없다. 당연히 말싸움으로 이어진다.

싸움이 벌어지면 에두아르는 상대가 하는 말 하나하나에 꼬투리를 달며 논리적으로 반박하는가 하면, 문법적 오류까지 일일이 잡아내며 지적한다. 도덕 교과서에나 나올 법한 라 퐁텐의 풍자시나 고대 그리스 철학자들의 명언을 읊어댄다. 이러니 대부분의 말싸움은 지루한 장기전이 되고, 전반전과 후반전이 다른 주제로 진행된다. 금연구역에서 담배를 피운 것으로 시작된 말싸움이 어느 순간부터 프랑스 교육 정책에 대한 의견 다툼으로 뒤바뀌는 식이다.

에두아르는 착한 사람이다. 내 남편이라 하는 소리가 아니다. 에두아르를 아는 사람들은 모두 그가 얼마나 선하고 좋은 사람인지 안다. 나는 그가 더 많은 사람들에게 좋은 사람으로 인식되었으면 좋겠다. 아니, 적어도 '밉상 또라이'로 인식되지 않았으면 한다. 에두아르에게는 처세술이라는 것이 심각하게 부족하다. 처세술의 기본인 융통성은 1도 없다. 이런 그를 도와줄 방법은 없을까 고민하다가, 에두아르에게 먹힐 만한 기막힌 묘안을 생각해 냈다. 책 속 문장을 인용해서 본인의 화법에 어떤 문제가 있는지 스스로 깨닫도록 하는 것이다.

그가 지하철에서 또 한판 말싸움을 하고 돌아온 날, 작전을 개시했다. 데일 카네기의 《인간관계론》에서 문장 하나를 찾아 냈다.

비판이란 피곤한 것이다. 왜냐하면 비판은 인간을 방어적 입장에서 자신을 정당화하도록 안간힘을 쓰게 만들기 때문이다. 또한 한 인간의 소중한 자존심에 상처를 입히고, 그의 자존심에 입힌 손상이 원한을 불러일으키기 때문에 매우 위험한 짓이다.[6]

밑도 끝도 없이 이렇게만 달랑 써서 그에게 메일을 보내며 스스로 제법 똑똑한 방법이라는 생각에 회심의 미소를 지었다. 잠시 후, 바로 답메일이 도착했다.

내가 만약 촛불을 밝히지 않는다면,
당신이 만약 촛불을 켜지 않는다면,
우리가 만약 촛불을 밝히지 않는다면,
이 어두움을 어떻게 밝힐 수 있는가?[7]

나짐 히크메트의 〈내가 만약 촛불을 밝히지 않는다면〉이라는 시다. 이 무슨 때아닌 투쟁정신이란 말인가? 그는 일제강점기나 1980년대 군사정권의 한국에서 살았어야 할 사람이다. 아니, 프랑스에서 태어났다 해도 1968년 5월혁명 때 네 살만 아니었어도 좋았을 사람이다. 나는 투쟁정신에 불타는 쌈닭이 하루가 멀다 하고 벌이는 싸움질을 남은 평생 보고 살아야 하는 걸까?

땀을 뻘뻘 흘리며 약국을 향해 언덕을 오르고 있는데 에두아르한테 전화가 왔다. 내가 반창고 하나를 사기 위해 뙤약볕 아래 걷고 있다고 하자 약국으로 차를 갖고 오겠다고 한다. 약국에 도착했을 때 에두아르는 이미 약사와 이야기를 나누고 있다. 무슨 대화를 하는지 얼굴에 웃음꽃이 활짝 폈다. 내가 반창고를 골라 들자, 약국에서 팔고 있는 화장품을 보면서 필요한 거 없느냐고 묻는다. 내가 화장품을 둘러보는 사이 에두아르는 약사에게 약국 화장품과 화장품가게 화장품의 차이를 살갑게 물으며 대화의 꽃을 피운다.

약국을 나와서는 내 손가락에 상처가 났으니 저녁은 자기가 하겠다며 건너편 정육점으로 향한다. 스테이크용 안심을 주문하고 더 필요한 것이 없나 가게 안을 둘러보며 주인과 잡담을 한다. 에두아르는 고기의 부위별 요리법이나 원산지에 대해 묻고 주인은 알고 있는 지식을 쏟아낸다. 에두아르는 주인을 향해 엄지손가락을 들어 올리며 칭찬을 아끼지 않는다.

싸우지 않고 정겹게 이야기를 나누니 얼마나 좋은가? 그런데 언덕길 약국의 약사와 정육점 주인에게 살갑게 구는 그가 왠지 찌질하게 느껴진다. 에두아르는 그들과도 싸우면 약이나 고기를 사기 위해 옆 동네까지 가야 한다는 것을 잘 알고 있는 것이다. 책벌레 쌈닭에게도 나름대로의 융통성은 있었다. 찌질하든 어쨌든 다행이다.

프랑스 시詩집살이

결혼식을 마치고 얼마 후, 나는 엽서 크기만 한 종이에 백 장이 넘는 그림을 그려야 했다. 프랑스에서는 결혼식이나 돌잔치 같은 큰 파티에 참석해 준 하객들에게 행사 후 감사의 카드를 보내는 전통이 있다. 대부분 기념사진을 넣어 한꺼번에 제작한 카드에 손글씨로 하나하나 감사의 말을 전하는데, 우리는 내가 직접 그린 그림 엽서로 감사장을 보내기로 했다. 내 변변찮은 그림 솜씨를 과대평가하는 에두아르의 제안이었다. 나는 내가 동양인이니 동양화풍의 그림을 그리기로 마음먹었다. 엽서 크기만 한 종이에 수채물감을 사용해서 여백의 미를 살리는 동양화를 그리는 일은 생각보다 수월했다. 이틀 만에

다 그려치웠다.

내가 프랑스어를 전혀 하지 못할 때라 엽서에 쓸 글귀는 모조리 에두아르의 몫이었는데, 그의 글 쓰는 속도가 너무 느렸다. 무슨 대단한 글을 쓰기에 몇 날 며칠이 걸리나 싶어 지켜보니, 글을 쓰는 게 아니라 책을 읽고 있는 게 아닌가? 감사장에 글을 써야 한다는 사실을 잊어버린 것 같아 "감사장 글은 언제 쓸 거냐?"고 닦달했더니 이런 대답이 돌아왔다. "지금 쓰고 있어. '참석해 주셔서 감사합니다' 같은 뻔한 말을 쓰면 감사하다는 느낌이 전혀 안 들잖아. 한 명 한 명이 좋아할 만한 시를 써서 보내려고. 지금 시 찾고 있는 거야."

감사의 의미를 제대로 담으려는 의도는 좋으나 기운이 뻗치거나 정성이 뻗쳤다 싶다가, 문득 나는 고등학교를 졸업한 이후로 시詩를 편지에 써본 적이 없다는 생각이 들었다.

프랑스에서도 집을 사서 이사하면 집들이를 한다. 에두아르가 못을 빨리 박지 않은 탓에 계속 미뤄진 집들이 때문에 고민하고 있었는데, 시어머니가 아이디어를 내셨다. 마침 에두아르의 쉰 살 생일이 다가오니, 친구들과 가족들을 한꺼번에 불러 집들이 겸 생일파티를 하면 고민이 해결되지 않겠냐는 거다.

어머니가 출장 뷔페를 예약하고 지불까지 해주신단다. 셋째시숙은 와인과 샴페인까지 책임져준다고 한다. 나는 당일 화병에 꽃을 꽂고 아이들이 마실 음료를 미리 사 놓기만 하면 된다. 고민거리가 한꺼번에 사라지니 몸도 마음도 편하다. 반면 에두아르는 이제부터 바빠져야 한다.

대가족인 시댁에는 크고 작은 파티가 잦다. 그리고 매번 파티가 있을 때마다 친지들 앞에서 시를 낭독하거나 철학서의 한 구절을 낭독한 후 자신의 생각을 발표한다. 프랑스 대부분의 가정에서 벌어지는 일인지, 시댁에만 있는 일인지는 모르지만 시댁식구 모두에게 파티의 '낭독과 연설'은 자연스러운 일상으로 보인다. 처음에 나는 이런 시댁 문화가 솔직히 불편했다. 위화감 때문이었다. 한국의 우리 집에서는 가족들이 모였을 때 시를 낭독한 적이 한번도 없다. 내가 살아온 문화와 너무도 다른 문화 속에서 나는 과연 편안할 수 있을까? 겁이 났다. 남은 평생 내게 어울리지 않는 옷을 입고 살아야 할 것만 같았다.

에두아르가 드디어 집들이 겸 생일파티에서 발표할 연설문 작성을 마쳤다. 인용할 글은 파스칼의 《귀족의 신분에 관한 세 담론》 중 첫 번째 담론의 일부라고 한다. 인용문의 제목이 마음에 들지 않는다. 나도 모르게 '백인의 짐(The White Man's Burden)', '노블레스 오블리주' 따위의 단어가 자동적으로 연상된다. ('백인의 짐'은 영국 작가 러디어드 키플링이 19세기 말에 발표한 시의 제목이다. 키플링은 미개한 인종을 올바르게 이끄는 것이 '백인의 의무'라고 했다.) 내가 속으로 아니꼽게 생각하고 있는지도 모르고 에두아르는 발췌한 글의 일부를 읽는다.

당신은 당신 조상의 재산을 물려받고 자랑합니다. 하지만, 당신의 조상이 그 재산을 모으고 보존한 것이 대단한 우연이라고 생각하지는 않습니까? 많은 사람들은 재산을 축적하기도 하고 잃어버리기도 합니다. 당신의 조상이 축적한 재산이 당신에게 전달되는 것이 자연스러운 것이라고 생각하십니까? 그것은 사실이 아닙니다. 그것은 합당한 이유에 기반한 법률가들의 판단일 뿐 무엇도 당신이 가질 수 있는 당연한 권리에서 오는 것이 아닙니다.

만약 조상들이 그들이 살아 있을 때 소유했던 재산을 죽은 후 국가에 환원하기를 원한다 해도 당신은 불만을 표할 어떤 권리도 없습니다. 따라서 당신이 소유하는, 조상에게 물려받은 재산은 자연적인 것이 아니라 인위적인 것입니다. 법을 만든 사람들이 당신을 가난하게 만든 것도 마찬가지입니다. 그리고 당신이 유산을 받을

수 있게 유리한 법이 적용된 것 또한 그저 우연일 뿐입니다.[8]

집들이에도 생일파티에도 어울리지 않는 글 같다. 내가 '이게 뭐야?' 하는 떨떠름한 표정을 짓자 에두아르는 이 글을 선택한 이유를 설명한다.

우리가 파리 근교의 예쁘고 평온한 마을에 제법 괜찮은 아파트를 마련할 수 있었던 것은 우리 둘의 경제적 능력 덕이 아니다. 돌아가신 시아버지가 물려주신 유산이 없었다면 불가능했다. 살아생전 시아버지가 벌어들인 재산을 헤프게 쓰지 않고 육남매를 키워온 시어머니의 알뜰함이 없었다 해도 불가능한 것이었다. 아버지가 물려주신 유산은 당연한 것이 아니라 파스칼의 말대로 우연한 것이다. 혜택일 수도 저주일 수도 있는 '우연'을 인위적으로 만들어준 부모님에 대한 감사를 전하고 싶다. 오우! 나름 심오한 뜻이 있었군!

파티 당일, 나는 연설을 하는 에두아르 옆에 나란히 섰다. 그가 연설을 마치고 박수를 받을 때 나는 고개 숙여 인사했다. 시어머니가 활짝 웃으셨다.

몇 해 전, 바티칸미술관을 방문하고 나오는 길이었다. 에두

아르는 당장 한국에 있는 부모님께 엽서를 보내야 한다고 난리였다. 몇 걸음만 나가면 로마였기 때문이다. 이탈리아에서 엽서를 보내면 한국 도착까지 한 달이 걸릴지 일 년이 걸릴지 모른다. 에두아르가 불어로 글씨를 쓰고 나는 그가 쓴 글을 번역해서 그 밑에 조그맣게 썼다.

램프 불빛 아래의 세상은 얼마나 거대한가!
추억 속 세상은 얼마나 작은가!
이곳에는 모든 것이 호사롭고 침착하며, 즐거움과 아름다움, 정연함뿐.[9]

보들레르의 시를 급하게 번역하면서, 이 뜬금없는 시가 친정 부모님을 불편하게 하지 않을까 걱정되었다. 바티칸우체국 우체통에 엽서를 넣으며 나는 차라리 몇 걸음 더 걸어가 로마의 우체통에 넣고 싶다는 생각을 했던 것 같다. 로마에서 엽서를 보내면 엽서가 분실될 가능성도 있으니까.

여행에서 돌아와 친정엄마와 통화를 했을 때, 엄마는 우리가 보낸 엽서를 읽으며 아빠가 감동해 눈물을 흘렸다는 이야기를 들려주었다. 칠십 평생 아빠에게 시를 써서 보내준 사람은 한 사람도 없었다며 울먹였다는 것이다. 부모님이 어색해할 거라고 오해했던 나는 엄마와 아빠에게 미안한 마음이 들었다. 가족 모임에서 '시 낭독'하는 게 우리 문화가 아니라고 단정을 지어 생각하고 위화감을 느꼈던 나. 그것은 나만의 착각이었는지도 모른다.

지난주 아틀리에 정기 전시회를 마치던 날, 동료인 마리오딜이 다가와 내 그림을 한 점 사고 싶다고 했다. 처음부터 그 그림이 사고 싶었지만 아틀리에 친구인 자기가 사는 것보다 외부 사람이 사는 것이 나를 더 행복하게 만들어줄 거 같아 참았다고 한다. 물감이 마르지 않아 사인도 못하고 전시했던 그림이다. 집에서 사인을 해서 다음주 목요일 아틀리에로 가져다주겠다고 했다. 고마운 친구 마리오딜에게 사인만 덜렁 해서 줄 것이 아니라 뭔가 특별한 편지선물을 하고 싶다.

음… 마리오딜에게는 어떤 시가 좋을까? 아침부터 책장 시집 코너에서 서성이게 된다. 시詩집살이 칠 년차의 내 모습이 이제는 어색하지 않다.

생활과 삶의 경계를 허물다

　시댁의 '시' 자도 싫어 시금치도 먹지 않는다는 친구의 말에 크게 웃은 적이 있다. 친구한테는 미안한 말이지만, 나는 시어머니 덕분에 시금치가 먹고 싶을 지경이다. 그만큼 시어머니는 내게 다정하다. 그래서 무척 고맙기도 하지만, 어쩌면 당연한 것이라는 생각도 든다. 띨빵한 헛똑똑이로 설레발치며 늙어버린 골칫덩이 막내아들을 맡아줄 사람이 나타났으니 얼마나 고마우시겠는가? 어머니에게 나는 '동방에서 온 천사'이다.

　책 읽는 것 외엔 할 줄 아는 게 딱히 없는 에두아르에게도 타의 추종을 불허하는 재주가 몇 가지 있긴 하다. 온갖 물건을 잃어버리고, 심지어 물건을 사는 과정을 거치지 않고 곧바로 돈을 잃어버리는 재주. 심혈을 기울여 못을 삐뚤게 박고, 그 와중에 벽까지 손상시키는 재주. 하루가 멀다 하고 쌈박질을 벌여 사람들에게 원한을 사고, 온 집안을 엉망진창 난장판으로 만드는 등등의 재주다. 아! 또 있다. 하자 있는 물건을 골라 사는 재주다. 그는 매번 과일은 썩어 문드러진 것을 섞어 사 오며, 그릇은 이가 나간 것도 모르고 사 온다. 이 많은 탁월한 재주가 어째 하나같이 이 모양인가? 그런 그라도 가끔 존경스러울 때가 있는데, 저렇게 나쁜 머리로 어떻게 그 어려운 학교에 입학하고 졸업할 수 있었을까 하는 생각이 들 때다. 엄청났을 그의 노력을 짐작하면 가히 존경스럽다.

에두아르는 뇌 기능 중 근과거近過去 단기 기억력과 응용력이 상당히 떨어져 보인다. 머리가 나쁘면 몸이 고생한다. 그는 매일 아침 미친 경주마가 된다. 하루도 빠짐없이 사용해야 할 물건들을 매번 어디에 뒀는지 몰라 아침마다 찾다가 지각을 면하기 위해 미친 듯이 뛰어서 역으로 가기 때문이다. 단기 기억력의 부족은 시간을 낭비하게 되는 결정적 부작용이 따른다. 정원 잡초를 뽑을 때면 보통 사람보다 두 배의 힘을 들인다. 잡풀 제거용 부삽을 샀다는 것을 까먹었는지 사용법을 모르는 건지, 도구를 사용하지 않고 손가락으로 땅을 파서 풀을 뽑는다. 엉

덩이를 반쯤 내놓고 정원에서 흙을 파고 있는 꼬라지를 보면, 저것은 오스트랄로피테쿠스인가? 크로마뇽인가? 네안데르탈인가? 정의 내리기 힘들다. 고고학박물관에 다녀와서 내가 내린 그의 등급은 '유인원'이다. 오스트랄로피테쿠스도 도구를 사용할 줄 알았다. 스키를 타러 갈 때면 그는 '알비노'가 되는데, 자외선차단 크림으로 얼굴에 떡칠을 하기 때문이다. 보다 못해 크림은 피부에 덕지덕지 붙이는 게 아니라 펴 바르는 것이라고 하자, 크림 바르는 법을 배운 적이 없어 몰랐다고 한다. 응용력이 부족하면 배운 것 외엔 아는 것이 없다는 심각한 부작용이 동반된다. 에두아르는 정말이지 클래스가 다른 '수준급 덜렁이'다.

결혼 전에도 에두아르가 청소를 좋아하지 않고 덜렁대는 성격이라는 것은 알고 있었다. 나는 그런 그가 까다롭지 않고 소탈해서 좋았다. 결벽증이나 완벽주의로 숨통을 조이는 사람보다 백배 천배 낫다고 생각했다. 하지만 결혼식을 하고 겨우 일주일이 지났을 때부터 사십 평생 해보지 않은 질문을 스스로에게 던지기 시작했다. '덜렁이는 진정 완벽주의자보다 나은 것일까?' 그리 오랜 시간이 걸리지 않아 내가 내린 답은 '아니다'에 가깝다.

그가 새로 산 바지를 잃어버리고 왔다. 사자마자 한번도 입어보지 못하고 잃어버린 것이다. 아니다, 입어보기는 했겠다. 옷가게 탈의실에서. 개인 레슨을 하고 돌아오는 길, 레슨비 중일부를 잃어버렸다. 레슨비를 받아 앞주머니에 쑤셔 넣고 자전거로 집에 오는 길에 흘린 것이다. 레슨비를 50유로권으로 받지 않아 다행이다 싶으면서도, 잃어버린 돈은 생각하면 생각할수록 아깝다. '아깝다'는 생각은 그 돈이면 내가 갖고 싶지만 참고 있는 것들을 살 수 있다는 생각으로 흐른다. 그런 후에는 짜증이 밀려오고 열이 올라 잔소리 폭탄을 터뜨리게 된다.

나는 잔소리 듣는 것을 정말 싫어한다. 그만큼 잔소리를 하는 것도 싫어한다. 정확히는 잔소리의 반복성을 싫어한다. 잔소리가 반복성을 띠는 것은 그것이 문제해결에 아무런 도움이 안 된다는 것의 반증이다. 다시 말해, 해봤자 아무짝에도 쓸데가 없는 것이다. 그런데 이 쓸데없는 짓을 결혼 후 내가 반복하고 있다. 반복하면 집착하게 된다. 어느 순간부터 내 머릿속에는 '돈 생각'뿐이다. '아… 돈 아까워. 아… 아까운 돈…. 아… 그 돈이면…. 돈! 돈! 돈!'

돈 생각이 잦아질수록 우울해진다. 돈에 집착하는 생활이라니, 이건 내가 원하는 삶이 아니다. 해결 방법을 찾아야 한다.

궁리 끝에 답을 얻었다. 에두아르가 돈이나 물건을 잃어버린 사실을 모르면 되는 것이다. 그에게 말했다.

"너의 분실 사실을 내게 알리지 마라!"

말을 하고 나니 내가 이순신 장군이라도 된 것 같아 기가 찼다. 그래도 이 방법은 어느 정도의 효과를 봤다. '모르는 것이 약'이라는 말을 실감했다. 머릿속에서 잃어버린 돈에 대한 생각은 줄어들었지만 그래도 우울하긴 매한가지다. 그의 저지레 때문이다. 나는 매일 아침 정신이 사납다. 에두아르가 현관 앞을 난장판으로 만들어 놓고 뛰쳐나가기 때문이다. 그것을 치우는 것은 '나'다. 억울하다. 그의 습관을 고치기 위해 현관을 그가 해놓고 나간 그대로 보존해 보기도 했다. 소용없는 짓이었다. 너저분한 현관 앞을 지날 때마다 스트레스를 받는 것은 나지 그가 아니었다. 에두아르는 어떤 난장판 속에서도 평정심을 유지할 수 있는 남다른 재주도 가지고 있었던 것이다. 억울해도 어쩔 수 없다. 내가 치우는 수밖에.

'왜 내가 치워야 하는가?'

억울한 감정으로 아침을 시작해야 하는 내 현실이 끔찍하다. 사람은 끔찍한 현실 속에서 우울해지는 법이다. 억울함을 달래기 위해 나는 의식적으로 아무 생각도 하지 않기로 했다. 로봇

청소기가 되어 맞이하는 아침은 적어도 억울하지는 않았다.

그러던 어느 날 아침, 여느 때와 마찬가지로 현관 앞을 자동 반사적으로 정리하면서 문득 내 머릿속이 텅 비어 있다는 것을 알아차렸다. 나는 진짜 로봇이 되어 있는 것이었다. 돈 생각을 할 때보다 몇 배는 더 우울했다.

"이대로 살 수는 없어!"

결혼 전 내 생활은 오롯이 내 삶의 일부였다. 지금의 내 생활은 삶과는 거리가 먼 그저 매일 '반복되는 행위'일 뿐인 듯하다. 결혼 전과 후, 내게 달라진 것은 무엇인가? 그것은 바로 '덜렁이 남편'이 생긴 것이다. 남들은 재혼할 나이에 초혼을 한 나는 쉽게 남편을 버릴 수조차 없다. 그를 고쳐서 데리고 살아야겠다. 어떻게 고칠 수 있을까? '눈에는 눈, 이에는 이'라는 말이 있다. 지난번 동네 쌈닭에게 써먹었던 '책벌레에게는 책 작전'의 재개시다!

남편의 심장병 약 속에 비소량을 조금씩 늘려 천천히 죽이려 했던 여자의 이야기, 프랑수아 모리아크의 소설 《테레즈 데케루》를 사용하자. 당장 청소를 멈췄다. 오늘이야말로 현장 보존은 중요한 '증거 자료'가 될 것이다. 《테레즈 데케루》를 다시 읽기 시작했다. 그가 내 메시지를 바로 알아들을 수 있는 문장을 찾아야 한다. 예전에 읽었던 기억을 더듬어 속독했다. 찾았다!

그의 큼지막한 털북숭이 손은 초조하게 물컵에 파울러 용액을 떨어뜨리고 있었다. 더위에 지친 테레즈가 평소보다 용액이 두 배나 들어갔다고 알려주기도 전에 그는 단숨에 약을 들이켰다. (중략) "내가 약을 먹었나?" 그러더니 대답을 기다리지도 않고 다시 컵에 약을 탔다. 테레즈는 아마도 귀찮아서, 그리고 피로해서 아무 대꾸도 하지 않았다. 그 순간 그녀는 무엇을 바랐던가? (중략) 하지만 그날 밤, 울면서 토하는 베르나르의 머리맡에서 페드메 의사가 그날 무슨 일이 있었느냐고 묻자, 테레즈는 식당에서 봤던 일에 대해서는 아무 말도 하지 않았다. 물론 자신은 의심받지 않은 채 의사에게 베르나르가 복용하는 비소 화합물을 알려주는 것은 어렵지 않았을 것이다. 그녀는 다음과 같이 설명할 수도 있었다. '그 당시에는 알아차리지 못했어요···. 그 화재 때문에 전부 정신이 나가 있었다고요···. 하지만 지금 생각해 보니 그가 두 배나 되는 양을 복용했던 것 같아요···.' 하지만 그녀는 벙어리처럼 입을 다물었다. 말하고 싶은 마음이나 있었던가? 점심 식사 때

저도 모르게 그녀 안에 자리 잡았던 행위가 존재 깊은 곳에서부터 수면으로 올라오기 시작했다. 아직 형태는 없지만 의식 속에서 반쯤 고개를 내밀고.[10]

찾은 부분을 포스트잇으로 표시했다. 에두아르가 퇴근하면 보존된 현장을 함께 검증한 후 이 책을 들이밀 것이다. 물론 그를 죽일 마음이 전혀 없다는 것은 반드시 밝힐 것이다. 응용력이 부족한 그가 오해하면 곤란하다. 그가 퇴근했다. 저녁을 먹인 후 작전을 개시했다.

다음 날 아침, 에두아르가 포스트잇으로 표시해 둔 책을 건네주곤 서둘러 뛰쳐나간다. 건네받은 책은 《테레즈 데케루》가 아니다. 같은 작가 프랑수아 모리아크의 《밤의 종말》이다. 이 소설은 테레즈 데케루의 15년 후의 이야기다. 그가 표시해 놓은 부분은 내 메시지에 대한 답인 것이다.

그녀는 거울을 보면서 스스로에게 큰 소리로 말했다. "테레즈, 대체 이게 무슨 짓이니?" 그래서 어쩌란 말인가! 왜 오늘 저녁에는 다른 때보다 더 큰 모욕감을 느꼈을까? 언제나 그랬던 것처럼 테레즈는 하루 저녁, 하룻밤의 외로움 앞에서 그녀가 마주한 첫 번째 사람에게 매달렸다. 혼자가 아니라 다른 사람과 같이 있다는 것, 대화를 나누는 것, 젊은 사람의 숨소리를 듣는 것…. 테레즈가 바라는 것은 단지 이런 것이었지만, 이제는 이조차도 사치였다.[11]

뭣이라?!

테레즈는 잠시 주저하다가 책 한 권을 뽑았지만, 책을 다시 내려놓고 책장 문을 닫은 다음 거울 앞에 섰다.
대머리 아저씨처럼 머리카락이 숭숭 빠졌다. 그렇다, 그녀의 이마는 나이 든 중년 남성의 이마처럼 넓어졌다.[12]

허… 허걱! 뜨억!

조금 더 세월이 흐르면 광장의 벤치에 앉아 혼잣말을 하고 누더기 더미를 질질 끌고 다니는, 깃털 달린 모자를 쓴 괴상한 할머니가 될지도 모른다.[13]

'이 인간이 정말 죽고 싶은 게지?! 이대로 당할 수는 없다! 복수하고 말 테다!'

복수심에 불탄 나는 당장 책장을 오가며 책을 찾았다. 마땅한 책이 떠오르지 않아 이 책 저 책을 꺼내 읽기 시작하다 하루가 가버렸다. 다음 날 나는 도서관으로 달려갔다. 책이 아니면 영화를 보여줘서라도 복수하고 말 테다. 도서관 DVD 코너를 몇 번이나 돌아봤다. 어떤 영화가 좋을지 당최 모르겠다. 그냥 내가 보고 싶은 영화를 빌려와서 봤다.

며칠 동안 현관 정리 따위는 뒤로하고 책을 찾고 영화를 찾는 일로 시간을 보냈다. 복수를 위한 책이나 영화는 좀처럼 찾기 힘들다. 책벌레인 그를 상대로 책으로 복수하려는 내 계획은 허무맹랑한 것이라는 회의감마저 든다. 에두아르와 나의 독서량 차이는 어마무시하기 때문에 내가 질 게 뻔한 게임이다. 하지만 뒤끝 작렬하는 나로서는 포기할 수 없다. 매일 조금씩 복수의 칼을 갈면서 책과 영화를 찾아다녔다.

그러던 어느 날, 돈 대신 책을 생각하고 있는 나를 발견했다. 나는 더 이상 단순노동을 하면서 억울한 시간을 보내고 있지도 않았다. 내가 나의 삶을 살고 있는 듯한 느낌이었다.

집안이 엉망진창이다. 침대 밑에는 양말이, 소파 위에는 에두아르의 겉옷이, 욕실에는 그의 속옷이, 현관에는 자전거 부품과 서류 더미가 널브러져 있다. 모조리 에두아르가 저지른 짓이다. 내가 복수를 하루이틀 미룬 탓도 있지만, 그의 버릇은 하나도 고쳐지지 않았다. 애당초 사람이란 고칠 수 없게 고장 난 존재인지도 모른다. 난장판이 된 집안을 치우기 시작한다. 또 억울하다. 억울함은 불편한 감정이다. 하지만 조금만 관점을 달리해서 보면 다소의 불편함은 우리 삶에 필요한 것인지도 모른다. 불편하지 않으면 생각하지 않게 되니까. 생활과 삶의 차이는 무엇인가? 생활은 생각하지 않아도 유지되지만, 삶은 생각하지 않으면 망가질 수 있다. 나는 생각하지 않고 사는 하루하루의 생활이 나의 삶을 망칠까 겁이 났던 것이다. 생각하는 생활을 하면 내 삶은 망가지지 않을 것이다. 나는 내 소중한 삶을 위해 생활과 삶의 경계를 허물기로 했다.

달려라, 에두아르!

어둑한 버스 안, 흑인 남자가 에두아르 옆으로 다가와서 말을 건다.

"혹시 지난번에 스피커로 음악 듣는 남자한테 이어폰 끼고 들으라고 하신 분, 맞죠?"

갑작스런 질문에 에두아르는 맞다고 해야 할지 아니라고 발뺌해야 할지 망설이는 듯하다.

"그때도 무슈는 책을 읽고 있었고, 옆에 아시아인 마담이 있었는데…. 그때 그분이 맞는 거 같은데?"

몇 주 전 일이다. 시내에서 영화 〈맨 오브 마스크〉를 보고 오

는 길이었다. 버스 안 스산한 조명 아래서도 에두아르는 한 손
에 연필을 들고 독서를 멈추지 않았다. 희미한 조명 아래에서
기를 쓰고 읽고 있는 그를 보고 있자면 내가 다 멀미가 날 지경
이다. 보크레송역 즈음이었던 거 같다. 우람한 덩치의 흑인 남
자가 탑승했다. 남자의 오른쪽 어깨에는 구식 라디오카세트가
올려져 있었다. 큰 볼륨으로 음악이 흘러나오고 있었다. 남자
의 비상식적인 행동에 버스 안 사람들은 눈살을 찌푸렸지만 남
자의 덩치에 주눅이 들어 아무도 항의하지 않았다. 하지만 내
남편 에두아르가 누구인가? 남자의 한주먹 거리도 안 되게 생
긴 에두아르는 그간의 수많은 싸움의 노하우로 분위기는 파악
한 듯했다. 평소와 다르게 직접 화법으로 다소곳이 말했다.

"실례합니다만, 이어폰을 끼고 음악을 들어주세요."

남자는 의외로 바로 음악을 끄며 말했다.

"그렇죠, 내 맘대로 음악도 못 듣죠. 내가 참아야죠. 나는 흑
인이니까요."

비아냥인지 자학인지 알 수 없는 남자의 말을 듣고만 있을
에두아르가 아니다. 에두아르는 "당신이 지금 한 말이 얼마나
인종차별주의적인 발언인지 알아요?"라고 지적했다. 남자는
들리지도 않는 작은 목소리로 구시렁거릴 뿐이었다. 덩치 큰

남자의 온순함에 다행이다 안심하는 순간, 옆에 있던 아랍 남자 두 명이 참견하고 나섰다.

"여보쇼, 새하얀 프랑스 양반! 방금 인종차별주의라 했소? 당신네 프랑스인들이 인종차별에 대해 말할 자격이 있다고 생각하쇼?"

2015년 1월 7일, 프랑스 주간지 〈샤를리 에브도〉 본사에 이슬람 극단주의자인 무장괴한 두 명이 난입해 총기를 난사한, 이른바 '샤를리 에브도 테러 사건' 이후 연이어 발생한 테러로 프랑스 내 아랍인에 대한 인식이 나빠질 대로 나빠져 있었다. 프랑스의 극우단체와 보수층은 '모든 무슬림이 테러리스트는 아니지만, 모든 테러리스트는 무슬림'이라는 논리로 무슬림을 매도했고, '무슬림 = 아랍인'이라는 인식 때문에 아랍인들이 은따를 당한 건 사실이다.

시기가 시기인 만큼 한껏 날카로워져 있던 아랍인들에게 하얀 피부에 책과 연필을 들고 있는 안경잡이 에두아르는 화풀이 대상으로 안성맞춤이었을 것이다. 아랍 남자의 험악한 말투와 표정은 공포스러웠다. 에두아르는 얼굴을 붉히며 그들과 맞서려고 했지만 내심 무서웠을 거라 확신한다. 나도 무서웠다. 그가 벌이는 말싸움이 짜증스럽기는 했어도 무서운 적은 처음이었다. 만약 육탄전이 벌어지면 나는 내가 알고 있는 살벌한 욕들을 해대며 이단옆차기를 해야겠다고 마음먹고 있었다. 다행히 태권도 시범은 필요 없었다. 우리 뒤에 앉아 있던 흑인 청년 두 명이 에두아르의 말이 틀리지 않다며 아랍인들을 진정시켰다. 만약 그들이 백인이었다면 패싸움이 벌어졌을지도 모른다. 두 청년 덕분에 상황은 별 탈 없이 끝났고, 우리는 무사히 귀가할 수 있었다.

남자는 그날 밤 사건을 이야기하는 것 같다. 이 남자는 왜 갑자기 나타나 공포스러웠던 그날 밤을 상기시키는가? 오늘도 조용히 지나가긴 글렀다 싶다. 또 무슨 일이 벌어지기 전에 내가 나서는 게 좋겠다.

"무슨 일이시죠?"

최대한 덤덤한 말투로 물었다. 상냥한 말투보다 덤덤한 말투가 싸움으로 이어질 가능성이 적다는 것을 동네 쌈닭과 살면서 알게 되었기 때문이다.

남자는 그날 밤 우리와 같은 버스에 타고 있었다. 버스 안에서 큰 스피커로 음악을 듣는 남자가 본인 마음에도 들지 않았지만 말싸움이 나는 게 귀찮아 참고 있었다. 그때 에두아르가 자신이 하고 싶었던 말을 대신 해줬고, 그 후로 벌어지는 일을 지켜보며 에두아르의 용기에 놀랐다. 자신이 에두아르에게 말을 건 이유는 그날 밤의 일을 칭찬하기 위해서가 아니다. 남자는 얼마 전 그날 밤과 비슷한 상황을 버스 안에서 목격했다. 잘못을 지적한 백인 남자는 아랍인들에게 피가 나도록 두들겨 맞았다. 만약 에두아르에게도 비슷한 일이 벌어지고, 만약 그때 자신이 같이 있으면 에두아르를 도와 함께 싸울 것이다. 하지만 에두아르와 자신이 같은 버스 안에 있을 확률은 많지 않다. 그러니 앞으로는 못마땅한 일이 있어도 참아라. 바른 소리를 했든 어쨌든 피 터지게 얻어맞는 사람만 손해가 아니겠는가?

남자의 이야기를 들은 후 에두아르는 남자에게 악수를 청하고, 두 남자는 마치 오래된 친구처럼 행동한다. 잠시 후, 남자는 버스에서 내리고 에두아르는 버스 창을 열어 손을 과하게 흔들며 "또 봐요, 무슈~! 좋은 밤 되세요~~! 안녕, 안녀~~엉, 안녀어엉~" 인사한다. 그 꼴을 보고 있자니, 참….

집에 돌아와서도 나는 남자가 했던 말이 귓전을 떠나지 않는다. "피 터지게 얻어맞는 사람만 손해다." 아무래도 에두아르를 태권도 학원에 등록시켜야겠다.

"태권도를 배워보면 어떨까?"

에두아르는 바로 복싱 스텝 비슷한 걸 밟으며 헛주먹질을 해보인다. 앙상한 어깨와 팔뚝으로 허공에 주먹질을 해대는 꼴이 한마디로 하찮아 보인다. 표정은 말을 말자. 저래서야 피 터지게 맞는 정도가 아니라 뼈 부러지게 얻어맞게 생겼다.

"집 근처에 태권도 학원이 있나? 너무 멀면 학원에 갈 시간이 없는데."

남자의 말이 그에게도 충격적이었나보다. 꽤 진지하게 말한다. 사실 내가 에두아르에게 태권도를 권한 건 이번이 처음이 아니다. '저러다 언젠간 얻어터지지' 싶었던 적이 한두 번이 아니라 진작부터 태권도를 배울 것을 권했지만, 그는 매번 가늠하기 힘든 미비한 알통을 보여주며 자신감을 표할 뿐이었다. 태권도장이라면 예전에 알아봤다. 집에서 차로 삼십 분 넘게 가야 한다. 한국인 사범에게 배우려면 더 멀리 가야 한다. 태권도를 배울 수 없다면 가라테라도 배우면 된다. 오늘은 너무 늦었으니 그만 자고 내일 당장 집 근처 가라테 학원을 알아봐야겠다.

누워도 잠이 오지 않는다. 귓가에서 "피 터지게 얻어맞는 사람만 손해"라는 남자의 말이 맴돌고, 그날 밤 아랍 남자들의 눈빛이 떠오른다. 에두아르가 내일부터 당장 무술을 연마한다 해도 자기방어를 할 수 있을 때까지는 많은 시간이 걸릴 것이다. 그 사이에도 에두아르의 지적질은 계속될 것이고, 싸움은 언제라도 벌어질 수 있다. 무술 연마보다 우선해야 할 것은 '싸움 방지'다. 무슨 일이든 사전에 방지하기 위해서는 그 일의 발단 원인부터 알아야 한다.

에두아르는 언제나 잘못된 행동만 지적한다. 그렇다면 잘못된 행동을 하는 사람이 싸움의 원인을 제공한 것이다. 하지만 보통 그런 사람들은 지적을 받으면 불쾌감부터 나타낸다. 지적받으면 기분이 나쁜 건 인지상정이지만, 특히 프랑스인들은 누군가에게 지적받는 것에 엄청난 알레르기 반응을 보인다.

18세기 프랑스혁명과 20세기 5월혁명을 거친 프랑스인들은 모두가 평등해야 하며 모두가 즐거운 삶을 살 권리가 있다는 생각이 머릿속 깊이 박혀 있다. 그런 그들에게 남에게 지적당하는 일은 참을 수 없는 일인 것이다. 거기다 어릴 적부터 "자신의 의견을 분명하게 이야기하라"고 교육받아 온 프랑스인들은 어떤 상황에서든 반론을 제기하려 든다. 그러니 쉽게 말싸움이 벌어진다.

에두아르가 싸움을 피할 수 없다면, 그의 안전을 위해 남은 방법은 하나다. 그가 하루라도 빨리 무술을 연마하는 것이다.

이런저런 생각을 하다보니 날이 밝았다. 집 근처 가라테 학원을 알아보고 있는데 에두아르가 다가와서 무술을 배울 시간이 없을 것 같다고 한다. 그를 설득하기 위해 취권과 택견 영상을 유튜브에서 보여줬다. 에두아르는 이 환상적인 기술에 관심을 보이며 따라 해본다. '허우적대다'라는 표현은 이럴 때 쓰는 말이다. 몸치도 이런 몸치가 없다. 왠지 평생 배워도 못 배울 것 같다. 어쩔 수 없다. 내가 알고 있는 싸움의 기술을 가르치자.

'실성한 듯 웃어라.'

에두아르는 내가 시키는 대로 웃어 보인다. 말 그대로 그냥 웃기기만 하다.

'옷을 벗어라!'

에두아르는 이 방법은 죽어도 싫다고 한다. 보여줄 게 없으니 싫을 만도 하다. 그렇다면 할 수 없다.

'달려라, 에두아르!'

배추적과 마들렌

차분한 비가 내리는 아침이다. '비'라는 녀석은 참 제멋대로라는 생각이 든다. 아무리 기다려도 오지 않거나, 몇 날 며칠 진저리나게 들러붙어 주적대거나. 먹구름을 잔뜩 몰고 와 기분을 울적하게 만드는 고약한 취미가 있는가 하면, 공기를 깨끗하게 씻어 눈앞 세상을 청명하게 만들고 촉촉한 흙내를 뿜게 하는 기특한 재주도 있다.

오늘 아침 비는 기특하다. 기특한 비가 오는 날이면 부침개가 먹고 싶다.

'점심엔 배추전을 구워 먹어야지!'

순간, 내가 배추전을 떠올렸다는 것에 스스로 조금 놀랐다.

어릴 적 엄마 손을 잡고 대구 외갓집 하늘색 대문을 열고 들어가면 마당 가득 기름 냄새가 진동했다. 친정집 근처에 살고 있던 둘째이모는 일찌감치 도착해 마루에서 배추전을 부쳤다. 이모는 기름 묻은 손으로 배추전을 결대로 찢어 둘둘 말아 입에 넣고 우물거리며 내 입에도 억지로 쑤셔 넣고는 함박웃음을 짓곤 했다. 기껏해야 대여섯 살이었던 내게 '배추전'은 그때까지 먹어본 음식 중 제일 맛없는 최악의 맛이었다. 그 후로 나는 배추전을 먹어본 적이 별로 없다. 프랑스의 비 오는 아침에 그 맛없던 '배추전'이 절실히 먹고 싶다는 게 신기하다.

냉장고 안에도 음식창고에도 동네 슈퍼마켓에도 배추는 없다. 그렇다고 희망이 없는 것은 아니다. 나는 어디에서 배추를 파는지 알고 있고, 내겐 심부름에 길들여진 육남매의 막내 출신 남편이 있다. 에두아르가 책을 읽기 시작하면 일이 골치 아파진다. 읽던 책을 다섯 장만 더 읽고 가겠다거나 열 장만 더 읽겠다고 해놓고 스무 장을 읽을지 서른 장을 읽을지 모를 일이다. 그렇다면 배추전을 저녁에나 먹게 될 텐데, 이상하게 점심으로 배추전이 먹고 싶다. 재료 구입이 수월한 호박전, 파전, 감자전을 뒤로하고 배추전이, 그것도 저녁이 아닌 점심에 먹고

싶은 이유는 나도 모르겠다. 그냥 점심 때 배추전을 꼭 먹어야
만 할 것 같다. 에두아르가 유일하게 늦잠을 자는 토요일 아침
이라 조금 미안하지만 깨우기로 한다.

"일어나! 일어나서 배추 사 와. 당장!"

에두아르는 자다가 날벼락이라도 맞은 듯한 표정이다. 부스
스한 얼굴로 멀뚱히 쳐다보는 꼴이 바보 같아서 웃음이 난다.
자는 사람을 갑자기 깨워서 '배추'를 사 오라고 하는 것도 모자
라 깔깔대고 웃는 내가 무서웠는지 주눅 든 목소리로 "당장?"
하고 되묻는다.

"그래! 당장!"

배춧잎에 밀가루물만 묻혀 기름에 구워내면 되는 것이 배추
전이지만, 모든 행동이 굼뜬 나는 오전 내내 불 앞에 서 있어야
했다. 드디어 점심으로 먹을 배추전 완성! 에두아르를 불렀다.

에두아르는 눈을 동그랗게 뜨고 배추전을 쳐다본다. 배춧잎
이 통째로 구워져 있는 것에 당황하는 눈치다. 어릴 적 친구들
에게 외가댁에서 먹은 배추전 이야기를 들려줄 때면 친구들은
다들 "이상해~" 하면서 그 맛을 궁금해했다. 내 대답은 언제
나 "밉따 맛없어!"였다. 한국인들에게도 신기한 배추전이니,

프랑스인 에두아르에게는 두말할 필요가 없다.

에두아르는 포크와 나이프로 배추전을 조그맣게 썰어 먹고, 나는 젓가락으로 결대로 찢어 돌돌 말아 한입에 넣는다. 밍밍하게 달큰한, 온순한 맛이다. 놀랍게도 맛있다. 더 놀라운 것은 에두아르가 배추전을 맛있게 먹고 있다는 것이다. "이게 맛있어? 이상하네… 그럴 리가 없는데…." 고개를 갸우뚱하게 된다. 프랑스인 에두아르가 이 맛을 이해하다니.

"응, 맛있어. 그런데 뭐가 이상해?"

나는 어릴 적 이모가 내 입에 밀어 넣었던 배추전 이야기를 들려주었다. 그땐 이 맛이 그렇게 싫었는데, 오늘 아침에 왜 배추전이 먹고 싶어졌는지, 그리고 왜 이 맛이 지금은 맛있는지 모르겠다. 그것은 아마도 내가 늙어가고 있다는 증거일지도 모르겠다고 했다. 20대엔 일본에서, 30대엔 이탈리아에서, 그리고 40대인 지금은 프랑스에서 살고 있다. 세상 이곳저곳을 떠돌며 살아온 나는 사고思考의 국적이 묘연한 사람이 되었다. 그런데 나이가 들수록 내 입맛은 그 국적이 확고해지는 것 같다.

눈을 가늘게 뜨고 이야기를 듣고 있던 에두아르의 눈빛이 시간 너머 먼 곳에 닿는 듯하다.

"노스탤지어… 그것 때문에 맛있는 거야."

한마디 던지고는 책장으로 달려가 책 한 권을 들고 온다. 마르셀 프루스트의 《잃어버린 시간을 찾아서 – 스완네 집 쪽으로》이다. 에두아르는 책을 펼쳐 소리 내어 읽는다.

그러자 기억이 떠올랐다. 이 맛, 그것은 콩브레의 일요일 아침, 레오니 고모 방으로 아침인사를 하러 가면, 고모가 홍차나 보리수차에 적셔 주던 그 작은 마들렌 조각의 맛이었다. (중략)

오랜 시간이 지나 사람이 세상을 떠나고 사물이 낡아 사라져 아무것도 남아 있지 않을 때에도, 냄새와 맛만은, 마치 영혼처럼 오랫동안 살아 머무른다. 보다 연약하지만 더욱더 생생하게, 형태는 더 흐려졌어도 더 집요하고 성실하게, 기억하고 기다리고 기대하며 한없이 자그마한 물방울 위에서 추억의 거대한 건물을 단단히 떠받친다.

고모가 내게 준 보리수차에 적신 마들렌의 맛인 것을 깨닫는 순간, 고모의 방이 있던 도로 옆 회색 고가옥이 마치 연극무대의 장식처럼 떠올라, 이내 부모님을 위해 지어진 뒤뜰 작은 별채로 이어진다. 그리고 회색 고가옥과 함께, 아침부터 저녁까지 날씨와 상관없이 쏘다니던 마을 구석구석, 점심 전 심부름을 가곤 했던

광장, 좋은 날씨에만 거닐던 길들이 다가왔다.[14]

그러고보니 배추전이 먹고 싶던 순간부터 무의식적으로 떠오르는 것이 있었다. 외갓집 하늘색 대문과 작은 정원, 정원 잔디를 절대 밟지 않았던 삽사리 해피와 해피를 타고 놀던 나, 할아버지와 해피와 함께 걸었던 달성공원의 흙길, 산책길 할아버지가 만들어주었던 들풀반지가 연속적으로 이어져 머릿속 여기저기에 흩뿌려져 있었다. 프루스트의 문장처럼 산만하게 흩어진 기억들이 미묘하게 움직여 또렷한 영상으로 나열되고 있었다. 그래서 배추전이 이렇게 맛있는 것이었다.

그렇다면 배추전과 아무 상관 없는 에두아르에게 이 슴슴달큼한 맛이 맛있게 느껴진다는 것은 무엇인가? 하기야 내 남편 에두아르로 말하자면, 못 먹는 음식이라고는 상한 음식뿐인 거지 입맛의 끝판왕이다. 하지만 배추전은 적어도 내게 더 맛있어야 할 음식이다. 그런데 내 눈앞에서 배추전을 마구 먹어대고 있는 에두아르를 보자, 마치 그에게 더 맛있게 느껴지는 것 같다. 이건 아무래도 좀 억울하다.

"맛있냐? 그래도 내 확신하는데 이 음식은 나한테 더 맛있을 거야!"

내 말에 에두아르는 피식 웃으며 신경도 쓰지 않은 채 배추전을 그야말로 열라 먹고 있다. 순간 머리를 스치는 책 한 권이 있다. 나도 얼른 책장으로 달려가 책을 들고 와 펼쳐 읽는다.

우리의 감정과 입맛은 매우 예민하고 정교하게 프로그래밍 되어 있다. 오래 그리워하다 맞닥뜨리는 것과 무시로 아무렇게나 부딪치는 것과 정서의 부위가 다를 수밖에![15]

《외로운 사람끼리 배추적을 먹었다》라는 책이다. 내 번역이 엉망이었는지, 에두아르는 '너는 읽어라, 나는 먹는다'는 식이다. 그의 시큰둥한 표정을 보자 근거 없는 오기가 발동한다. 나는 다시 책을 후루룩 넘겨 다른 문장을 찾는다. 그래, 이 문장이다!

생속이란 아픔에 대한 내성이 부족하다는 뜻이었을 것이다.
생속의 반대말은 썩은 속이었다. 속이 썩어야 세상에 관대해질 수 있었다. 산다는 건 결국 속이 썩는 것이고 얼마간 세상을 살고 난 후엔 절로 속이 썩어 내성이 생기면서 의젓해지는 법이라고 배추적을 먹는 사람들은 의심 없이 믿었던 것 같다.

그렇게 속이 썩은 사람들끼리 둘러앉아 먹는 것이 배추적이었다. 날 것일 땐 달았던 배추도 밀가루를 묻혀 구워놓으면 밍밍하고 싱거워졌다. 생속을 가진 사람은 배추적의 맛을 몰랐다.[16]

'생속'이네 '썩은 속'이네 하는 번역하기 난감한 김서령의 언어를 어거지로 번역해 내면서 진땀을 빼서일까? 에두아르가 반응을 보인다.

"그래! 바로 그래서 이게 내게 이렇게 맛있는 거야! 너 때문에 내 속이 썩어서 말이야!"

웃기신다. 내가 하고 싶은 말을 대신하고 계신다. 멍청한 나는 얼떨결에 이 좋은 김서령의 말을 잘못된 타이밍에 들이밀고 만 것이다. '나는 병신이다' 하며 속상해하는 사이 에두아르가 은근슬쩍 손을 뻗어 내 접시 위 배추전을 훔치려 한다. "넌 진정 나의 노스탤지어를 훔쳐 먹을 생각이냐?" 소리쳤지만 배추전 도둑놈이 밉지는 않다. "내 속이 썩어서 더 먹어야 할 것 같아!" 되지도 않는 소리를 하는 그가 심지어 귀엽다. 깊게 공감한 김서령의 말이 에두아르에게도 닿은 듯해 그저 기분이 좋다.

에두아르와 나는 나름대로 썩은 속으로 배추전을 나눠 먹는 척했지만, 서로 다른 노스탤지어를 나누어 먹고 있는지도 모르겠다. 노스탤지어는 멜랑콜리와 마찬가지로 우울한 감정이 아니다. 그것은 어쩌면 '썩은 속'의 힐링이 아닐까?

식탁 위 비워져 가는 배추전 접시 옆으로 프루스트의 책과 김서령의 책이 놓여 있다. 비 오는 토요일 점심, 우리 부부는 꽤나 인문학적인 힐링을 하고 있는 듯하다.

·

며칠 후, 다시 조용히 비가 오는 아침이다.

'오늘 저녁 디저트는 마들렌이다!'

집에서 좀 떨어진 농장에서 파는 마들렌이 참 맛있었다. 조금 귀찮지만 사러 가야겠다. 빗속을 뚫고 가서 사 온 마들렌을 식탁 위에 올려놓자 뿌듯하기까지 하다. 내친김에 《잃어버린 시간을 찾아서 – 스완네 집 쪽으로》의 한 부분을 필사해 놓는다.

활기 없던 하루와 우울한 내일에 대한 전망에 휩싸여, 홍차 속에 적셔 둔 마들렌을 한 스푼 무의식적으로 입술에 가져갔다. 부드러운 마들렌이 입천장에 닿는 순간, 나는 내 속에서 뭔가 굉장한 일이 일어나고 있다는 것을 느끼며 몸을 떨었다. 이유를 알 수 없는 감미로운 기쁨이 내게 들어와 나를 고립시켰다. 그 기쁨은 마치 사랑과 같은 방식으로 나를 채웠다. 고단한 삶의 변화에 무심

하게, 삶의 재난을 무해한 것으로, 그 짧음을 착각으로 여기게 했다.[17]

띵동~ 벨 소리가 울린다. 에두아르가 벨을 누를 때에는 이유가 있다. 양손이 뭔가로 가득 차 있거나 열쇠를 잃어버렸거나. 문을 열자, 그가 활짝 웃고 서 있다. 에두아르의 양손에 배추가 한 통씩 들려 있다.

걸어서 로마까지 프로젝트

그해 겨울 베로니크가 또 도망쳤다.

사촌시숙 엠마뉘엘이 그녀 집에 온다는 소식을 들었던 날, 베로니크는 곧바로 케이라스에 있는 산장민박을 예약했다. 엠마뉘엘은 한번 입을 열면 열 시간도 혼자 떠들 수 있는 인물인데, 그가 하는 대부분의 말이 말 같지 않은 건 물론이고 사람 속을 벅벅 긁어서 옆에 있으면 미치거나 혈압이 올라 쓰러질 수 있다. 미치지도 쓰러지고 싶지도 않은 베로니크는 그가 올 때면 어디로든 도망을 간다. 예약을 마친 베로니크는 우리에게 전화를 했다. 그쪽으로 놀러 오란다. 우리는 신나게 달려갔다. 나는 베로니크와 놀 생각에 신이 났고, 에두아르는 알프스를 누비고 다닐 생각에 신이 났다.

"저기 보이는 봉우리가 '콜 드 라 트라베르세트'야. 한니발이 저 산을 넘어 로마로 갔을 가능성이 높아."

저 높은 산을 코끼리를 끌고 올라갔다니! 불굴의 의지도 좋지만, 한니발은 아무래도 제정신이 아니었던 것 같다. (한니발은 고대 카르타고의 장군으로 로마를 증오해 제2차 포에니전쟁을 일으켰다. 결국 로마의 장군인 스키피오 아프리카누스에게 자마전투에서 패배했다.)

"복수심에 눈이 멀어 미쳤던 게야."

에두아르는 내 말에 동의하면서도 팔을 들어 올리며 연극 모드로 한니발의 말을 읊는다.

"나는 길을 찾을 것이다. 아니면 만들 것이다."

다음 날 꼭두새벽부터 에두아르는 짐을 꾸려 어디론가 떠났다. 베로니크와 내가 저녁식사를 마칠 때쯤 돌아온 에두아르는 민박집 주인이 그를 위해 남겨 놓은 수프를 퍼먹으며 하루 종일 자기가 무슨 짓을 하고 다녔는지 자랑하듯 말했다. 그다음 날도 마찬가지였다. 케이라스에 머문 사흘 동안 에두아르는 반복해서 같은 짓을 하고 다녔다. 내가 베로니크와 잘 놀고 있어 자유로워진 그는 사흘 동안 한니발과 함께했다. 한니발 원정대가 어떤 경로로 알프스산맥을 넘었는지에 대해선 추측이 난무할 뿐 아직 그것을 정확하게 아는 사람은 없다. 에두아르는 난무하는 추측 경로를 찾아 나섰던 것이다. 그때까지만 해도 그가 왜 그런 짓이 하고 싶은지 묻고 싶지도 않았다.

집으로 돌아오는 길, 에두아르가 말했다.

"우리도 한니발처럼 걸어서 로마까지 가보면 어떨까?"

"왜 그러고 싶은데? 대체 왜? 왜 그래야 하는데?"

"재밌잖아!"

집에 돌아와서도 에두아르는 포기하지 않고 나를 꼬셨다. 자꾸 로마까지 걸어가 보자는 것이다. 걸어서 로마 동생집에 도착해 초인종을 누르는 것을 상상해 봤다. 그때 나와 내 동생은 어떤 느낌일까? 그건 분명 '감격' 그 자체일 것이다. 동생과 감격의 상봉을 해보는 것도 나쁘지 않을 것 같다. 아니, 무척 좋을 것 같다!

나는 에두아르의 제안을 받아들였다. 계획은 대충 이렇다. 집에서 100킬로미터 떨어진 곳까지는 걸을 만큼 걸은 후, 대중교통을 이용해 집으로 돌아와 잠을 잔다. 다음 날은 전날 도착했던 곳까지 대중교통을 이용해 가서 다시 로마를 향해 걷는다. 100킬로미터 이후에는 부르고뉴에 있는 가족별장을 숙소로 사용해 같은 방식으로 전진한다. 부르고뉴 지방 이후부터는 텐트에서 자는 것을 기본으로 하되 가끔 호텔을 이용한다. 알프스산맥을 어떻게 넘을 것인가는 그때 가서 생각한다. 부르고뉴 지방까지는 주말에 걷고 그다음부터는 여름방학 때 걷는다. 우리의 '걸어서 로마까지 프로젝트'는 봄이 오면 시작될 것이다.

봄이 왔다.

토요일 아침, 로마를 향해 집을 나섰다. 이날을 기리기 위해 우리는 집 앞에서 지도를 들고 기념사진을 찍었다. 그리고 동생에게 전화해 우리의 출발 사실을 알렸다.

"자영아, 우리 지금 로마로 출발해."

갑작스러운 통보에 동생은 놀라며 몇 시에 도착하는지 알려주면 공항으로 나오겠다고 한다. 나는 우리 프로젝트에 대해 설명했다. 동생은 이미 감격하는 듯했다. 언제든 오라고, 기다리고 있겠다고 진지하게 말한다.

길잡이 역할을 할 에두아르 손에는 지도가 있다. 내겐 휴대폰 구글맵이 있다. 구글맵 계산으로 우리 집과 로마 동생 집은 1,386킬로미터가 떨어져 있다고 한다. 얼마만큼의 거리인지

감도 오지 않지만 갈 길이 멀다는 건 확실하다. 서두르자!

"왜 그쪽으로 가는 거야? 로마는 동남쪽으로 가야 한다구! 그쪽은 서쪽이잖아."

나는 몰래 구글맵을 훔쳐보며 말했다.

"그냥 따라와. 내가 어젯밤에 경로를 다 생각해 놨어."

심한 길치인 나는 온갖 것을 다 잃어버리지만 길은 절대 잃지 않는 에두아르 앞에서 찍소리도 못한다. "모든 길은 로마로 통한다"고 했으니, 어떻게든 로마에 갈 수는 있을 것이다. 에두아르는 동네 숲으로 향하며 들꽃 사진을 찍고 배낭에 숨겨 온 식물도감을 꺼내 책 속 사진과 실물을 비교하며 좋아라 한다. 이래서야 언제 로마에 도착하려나….

우리는 숲을 지나 대로를 건너고 굳이 작은 마을들의 골목길을 걸었다. 중간에 점심을 먹은 시간까지 합쳐 여섯 시간 정도 걸었을 때, 커다란 연못이 나타났다.

"이 연못 어디서 본 것 같지 않아?" 에두아르가 묻는다.

"글쎄, 그런 거 같기도 하고."

이 연못이 바로 화가 카미유 코로가 그린 '빌 다브레의 연못'이라고 한다. 이렇게 반가울 수가! 사막에서 오아시스라도 만난 듯하다. 우리는 연못 옆 코로의 주말별장이었던 곳을 둘러

본 후, 버스와 전철을 갈아타며 집으로 돌아왔다. 집까지 딱 오십 분 걸렸다. 여섯 시간 걸어갔던 곳을 오십 분 만에 돌아오니 조금 허무하다. 에두아르가 지그재그 경로로 안내만 하지 않았어도 빌 다브레는 겨우 한 시간 사십 분이면 걸어갈 수 있는 곳이었다.

일요일 아침, 오십 분 만에 빌 다브레에 도착했다.

"오늘은 속력을 좀 내자!"

내가 하고 싶은 말을 그가 한다. 에두아르는 어젯밤에도 오늘의 경로를 미리 생각해 놓은 모양이다. 오전 내내 걸어 점심 무렵 우리가 도착한 곳은 '발레 오 루 공원'이다. 드넓은 공원 안에 집이 한 채 있고 그 옆으로 예쁜 카페레스토랑이 있다. 우리는 그곳에서 점심을 먹기로 했다. 에두아르는 배낭 속에서 책 한 권을 꺼내 보여준다. 샤토브리앙의 《무덤 너머의 회상》이다. 책을 펼쳐 연극배우 모드로 읽어 내린다. 옆 테이블에서 혼자 점심을 먹고 있는 남자가 에두아르를 힐끗 쳐다본다.

"샤토브리앙은 〈메르퀴르 드 프랑스〉라는 문예지에 나폴레옹을 폭군 네로황제에 비유해 비난한 글을 발표했는데, 나폴레옹은 그걸 문제 삼아서 샤토브리앙을 파리 밖으로 추방해 버렸지. 그래서 살게 된 곳이 바로 여기야. 카페 건너편에 있는 바로 저 집. 점심 먹고 들어가보자."

작가의 집은 절제된 호화로움 속에 아늑한 분위기를 풍긴다.

"샤토브리앙이 이곳에서 얼마나 살았어? 지난번에 파리 7구에서 샤토브리앙이 살았다는 집을 본 적 있어."

"한 십 년쯤 여기서 살았을걸."

"정확하게 1807년부터 1818년까지 살았어요. 마담이 보셨다는 파리 7구에 있는 집은 샤토브리앙이 1838년부터 1848년 4월 그가 죽을 때까지 산 집이지요."

아까 우리 옆에서 점심을 먹으며 에두아르를 쳐다봤던 남자다. 불길한 예감이 든다. 말 속에 숫자를 섞어 말하는 걸로 봐서 전형적인 프랑스식 수다쟁이임에 틀림없다. 이 남자와 에두아르가 이야기를 시작하면 큰일이다. 그것은 '수다'라는 고문이자 재앙이다. 서로를 알아본(?) 두 남자가 미소를 머금고 이야기를 시작한다. 재앙이 다가온 것이다.

고문은 한 시간 넘게 계속되었다. 이러다가는 로마까지 가는데 백 년은 걸리겠다! 인내심에 한계를 느낀 나는 대화에 은근슬쩍 끼어들어 우리가 갈 길이 무진장 멀다는 말을 내비쳤다.

에두아르는 내 말에 정신을 차리고, 남자에게 우리의 프로젝트에 대해 이야기하며 이별을 고한다. 나의 썩은 미소를 퍽도 일찍 눈치챈 남자와 내 눈치를 보며 안절부절못하던 에두아르는 작별 인사라는 제2차 재앙을 몰고 와 나를 한 시간 더 고문한 후 풀어줬다.

"오늘은 여기까지만 걷고 그만 집에 가자! 피곤해!"
짜증스럽게 말했다.

"아아앙. 조금만 더 걷자앙~. 소공원까지만이라도 가자앙! 안 그러면 언제 로마에 도착하겠어?"

"내 말이! 이딴 식으로 지그재그로 걷고, 딴청 부리고, 한눈 팔고, 수다까지 떨면 로마까지 백 년, 아니 천 년은 걸리겠다! 나 그냥 비행기 타고 갈 거야!"

열받은 내게 에두아르는 아양을 떨며 어깨를 주물러주는 척하면서 등을 떠민다. 아무리 생각해도 나는 '자비심 천재'인 것 같다. 우리는 사십 분을 더 걸어 소공원에 도착했다. 엄청 넓다. 두 번의 재앙을 겪은 탓인지, 이틀 연속 많이 걸어서인지 너무 피곤하다. 공원 안에 있는 성城은 보지 않아도 될 것 같다.

"성은 생략하고 그냥 집에 가자!"

에두아르는 어차피 성 앞을 지나야 전철역에 갈 수 있다며 나를 달랜다. 멀리 성이 보인다. 에두아르는 샤토브리앙의 집에서 자기가 했던 짓에 양심의 가책을 느꼈는지, 성 쪽을 향해 고개만 돌릴 뿐 가까이 가자고는 하지 않는다.

집으로 돌아오는 전철 안, 에두아르는 배낭에서 또 다른 책 한 권을 꺼낸다.

"소공원 안에 있는 성 말이야. 거기서 멘느 공작부인이 개최하던 살롱에 볼테르가 자주 갔었거든. 그래서 내가 볼테르 책을 집에서 가지고 왔어~."

"그래서 어쩌라고?"

퉁명스럽게 답했다. 에두아르는 내게 조금 읽어주겠다며 소리 내어 읽는다.

"무슈 마르틴, 프랑스에 가본 적 없으세요" 캉디드가 물었다. "가본 적 있지요. 저는 프랑스의 여러 지방을 여행했습니다. 그중에는 주민의 절반이 제정신이 아닌 곳도 있고, 어떤 곳은 매우 뻔뻔스러운 사람들이 사는 곳도 있더군요. 또 대체로 온순하지만 멍청한 사람들이 사는 곳도 있고, 모두들 고상한 척하는 곳도 있었습니다. (중략) " "무슈 마르틴, 파리에는 가보셨나요?" "네, 가봤습니다. 파리엔 이 모든 종류의 사람들이 다 있지요. (중략) 파리에는 무척 예의 바른 사람들이 있다고 하더군요. 나는 그 말을 정말이지 믿고 싶을 뿐입니다." "나는 프랑스를 보고 싶은 마음이 전혀 없어요. (중략) 나는 베니스에서 그녀를 기다릴 거예요. 이탈리아로 가기 위해 프랑스를 횡단해요. 나와 함께 가지 않겠어요?"[18]

에두아르가 읽어주는 문장을 들으며 전철 유리창에 기대어 밖을 내다본다. 어느새 노을이 지고 있다. 묘하게 감동적인 하늘이다. 나도 모르게 대답하고 말았다.

"기꺼이 그러지요."

"어? 다음 문장을 어떻게 알았어?"

에두아르는 깜짝 놀라며 좋아한다. 붉은 하늘, 구름 사이로 동생 얼굴이 보이는 것 같다. '자영아, 언니가 천천히라도 열심히 걸어서 꼭 갈게.' 속으로 말하고 말았다.

우리가 이틀 동안 걸었던 거리를 전철로는 한 시간 사십 분만에 갈 수 있다. 우리는 로마까지 겨우 20킬로미터 전진했다. 그래도 언젠가는 로마에 도착할 수 있을 것이다. 우리 두 사람의 목표가 같으니까. 두 사람이 같은 목표를 가지고 있다는 것

은 그 목표를 잊어버릴 가능성이 적다는 것일 테다. 그동안 나는 얼마나 많은 혼자만의 목표를 잊어왔던가? 이젠 잊히지 않을 목표가 생겼다. 우리는 언젠가는 반드시 로마에 도착할 수 있을 것이다.

국제부부의 감성 맞추기

노르망디에 있는 시고모님의 별장에 점심 초대를 받았다. 에두아르는 달갑지 않은 눈치다. 에두아르를 포함한 시댁식구 모두 큰고모를 좋아하지 않는다. 고모님이 준비하신 메인 메뉴는 바닷가 마을답게 생선요리다. 생고등어에 레몬, 토마토, 양파, 말린 타임을 얹은 후 화이트와인을 가득 부어 오븐에서 조리한 음식인데 맛이 아주 좋다.

"생크림하고 같이 먹으면 더 맛있단다. 노르망디에 왔으니 생크림은 꼭 먹어야지."

고모님은 생크림을 한 숟가락 푹 퍼서 내 접시 위에 퍽 올려준다. 에두아르는 난처한 표정으로 먹기 싫으면 안 먹어도 된다고 입술로 말한다. 고등어와 생크림을 같이 먹고 싶지는 않지만, 고모님의 모습이 밥 위에 반찬을 마음대로 올려주는 우리네 할머니들과 닮아 있어 정겹다.

"노르망디는 '시드르'도 아주 유명하단다. 여기 와서 이걸 안 마시면 안 되지."

고모님이 이번엔 내 잔에 사과를 발효시켜 만든 술인 '시드르'를 가득 채워준다. 내가 고모님이 시키는 대로 잘 먹고 마시자, 고모님은 아무리 배가 부르다고 해도 '더 먹어라'를 연발한다. 에두아르는 고모가 못마땅한 듯 눈살을 찌푸린다.

"더 먹어라." 참 오랜만에 듣는 소리다. 프랑스에서는 큰고모님 이외의 누구에게도 들어보지 못했다. 고모가 잠시 자리를 비운 사이, 에두아르가 "매번 저래서 모두들 고모를 싫어해"라며 내게 미안하다고 한다. 이것이 미안한 일인가 싶다. 지구 반대편에서 태어난 외국인 조카며느리에게 산지의 유명한 음식을 더 먹이고 싶은 고모의 마음이 에두아르에게는 따뜻하게 느껴지지 않는 것일까? 에두아르가 한국에 가면 싫어하게 될 사람이 많을 것만 같다. 그와 공감할 수 없는 감성을 발견할 때마다 가슴 한구석이 서늘해진다.

동네 도서관 DVD 코너에서 한국 영화 〈집으로〉를 발견했다. 나는 이미 여러 번 본 영화지만 에두아르에게 보여주면 좋을 것 같다. 우리의 감성적 거리가 조금이라도 좁혀지기를 기대하는 마음으로 빌렸다. 내가 그랬듯이, 영화를 본 후 그도 감동의 눈물을 흘렸으면 했다.

영화가 시작되고 얼마 되지 않아 에두아르는 "저렇게 싸가지 없는 손자가 존재한다는 게 말이 안 된다. 감독이 오버했다"며 지적질이다. 살짝 짜증스럽다. 화면에서 손자가 서울에서 가지고 온 '도형 맞추기' 장난감을 할머니가 맞춰보려고 애쓰는 장면이 흐른다.

"저 할머니 바보 아냐?"

이것이 할 소리인가? 충격적인 발언이다. 울컥 화가 났다.

"너야말로 바보 아냣? 이 영화 그만 보자, 그만!"

에두아르는 뻘쭘해하더니, 계속 보겠다고 버틴다. 영화가 끝났다. 여러 번 본 영화인데도 눈물이 났다. 그도 울었을까? 옆을 쳐다봤다. 어째 조용하다 싶었다. 꾸벅꾸벅 졸고 앉았다!

"잤어?!"

에두아르는 너무 피곤해서 졸았다고 변명한다. 피곤해서 다행이라는 생각이 들었다. 따분해서 졸지 않았기를. 이해할 수 없는 감성은 따분한 것이니까. 서로 다른 문화와 환경에서 살아온 우리가 같은 감성을 갖기 원하는 건 처음부터 내 욕심이었는지도 모르겠다. 허전해지는 느낌이다.

딱히 할 일도 없고 심심한 오전. 뭔가 재밌고 유쾌한 게 보고싶다. 책을 한 권 꺼내 들었다. 코미디가 필요할 땐, 단연 '성석제'다.

똥깐의 본명은 동관이며 성은 조이다. 그럴싸한 자호字號가 있을리 없고 이름난 조상도, 남긴 후손도 없다. 동관이라는 이름이 똥깐으로 변한 데는 수다한 사연이 있어 한마디로 말할 수는 없다.
(중략)
똥깐은 이란성 쌍둥이의 동생으로 태어났는데 죽을 때까지 형 은관과 대략 일천 회 이상의 드잡이질을 벌였다. 그 드잡이질은 똥깐의 타고난 체격에 담력과 기술, 자잘한 흉터를 안겨주었고 그가 은척 역사상 불세출의 깡패로 우뚝 서는 바탕이 되었다. 은관은 다른 사람의 인정을 받는 걸 좋아해서 스무 살이 되기 전에 이미 합기도 삼단, 유도 사단, 태권도 삼단의 면장을 가지게 되었는데 그 결과 그에게 붙여진 별명은 '조십단'이었다, 나쁘게 발음하면 그대로 욕이 될 수 있으므로 사람들은 은관이 있는 곳에서는 절대 그 별명으로 부르지 않았고 없는 데서도 혹시 신출귀몰하는 그들 형제가 주변에 없나 살피고 나서 '똥깐이가 조섭다니하고 술 먹다가 전당포 주인을 깔고 앉은 사연' 등을 즐겼다.[19]

역시, 성석제다! 그의 글은 읽을 때마다 빵빵 터진다. '조섭다니'라니! 너무 웃겨서 까르르 웃었다.

"무슨 책인데 그렇게 재밌어?" 내 웃음소리에 에두아르가 관심을 보인다.

"응! 너무 웃겨! 너도 성석제의 글을 읽을 수 있으면 좋으련만. 아쉽게도 이 작가의 글은 한국어로 읽어야 해. 외국어로 도저히 번역할 수 없어."

에두아르는 약이 올랐는지 프랑스어로 번역된 성석제의 소설이 있는지 찾아본다. 있다. 그의 장편 《위풍당당》이 프랑스어로 번역되었다. 에두아르는 인터넷 서점에서 바로 구입한 후, 책 한 권을 뒤적여 펼쳐 들고 온다.

"나도 이 책, 이 부분을 읽으면서 너처럼 정말 많이 웃었어! 한번 읽어봐. 너무 웃겨!"

그가 들고 온 책은 미셸 우엘벡의 《소립자》다.

한번은 그가 카나리아를 새장에서 꺼낸 적이 있었다. 녀석은 겁에 질려 소파에 똥을 싸더니, 부리나케 새장으로 달려가서 들어가는 문을 찾았다. 한 달 뒤에 그는 다시 새를 꺼내 보았다. 이번에는 새가 가엾게도 창문 너머로 떨어졌다. 그러더니 가까스로 날갯짓하는 법을 기억해 내고는 다섯 층쯤 아래로 내려가 맞은편 건물의 발코니에 내려앉는 데에 성공했다. 그 건물 관리인의 말에 따르면, 거기에는 젊은 여자가 살고 있다고 했다. 미셀 제르진스키는 그 집에 고양이가 없기를 바라면서, 그 여자가 돌아오기를 기다려야 했다. 알고 보니 그 여자는 『스무 살』이라는 잡지의 편집자였고 혼자 살고 있었으며 고양이를 키우지 않고 있었다. (중략)

그는 여러 차례 그 편집자와 다시 마주쳤다. 주로 쓰레기를 버리러 나갔다가 만나곤 했다. 그때마다 그녀는 고개를 끄덕여 보였다. 그를 알아본다는 뜻이지 싶었다. 그녀의 고갯짓에 대해 그는 똑같이 고개를 끄덕여 답례를 보냈다. 결국 새가 떨어진 사건 덕분에 이웃을 하나 사귄 셈이었다. 그런 점에서 그건 잘된 일이었다. (중략)

그는 입구가 비좁은 (그러나 카나리아 사체가 들어가기에는 충분한) 그 쓰레기 투하 통로가 어디로 통하는지 알아본 적이 없었다. 그럼

에도 그날 밤 꿈에서 거기로 버려진 오물들이 담긴 거대한 쓰레기통들을 보았다. 쓰레기통들은 커피 필터, 토마토 소스에 버무려진 라비올리, 잘려진 성기들 따위로 가득 차 있었다.[20]

벙찐다. 이 글이 웃기다고? 대체 이 글의 어디가 웃긴 거지? 에두아르한테만 웃긴 건지 모든 프랑스 사람들한테 웃긴 건지 모르지만, 내게는 하나도 안 웃긴다.

"안 웃겨? 난 너무 웃긴데."

에두아르는 소리 내어 웃더니 내 손의 《소립자》를 빼앗아 들고 다시 서재로 향한다. 왠지 씁쓸해 보인다. 우리의 감성 코드가 다른 것이 그에게도 서글픈 모양이다. 서로 다른 감성을 가진 사람이 만나면 말수가 적어진다. 서로 공감하지 못한다는 것을 알기 때문이다. 사람은 공감할 수 없을 때 마음의 문을 닫게 되고 차가워진다. 에두아르와 내가 그렇게 될까 걱정이다. 국제결혼이란 만만한 것이 아니다.

베로니크와 올리비에 부부가 주최하는 영화감상 모임에 초대를 받았다. 베로니크는 내게 한국 영화 한 편을 추천해 달라고 했다. 나는 박찬욱 감독의 〈공동경비구역 JSA〉를 들고 그녀의 집으로 향했다. 영화감상 모임에 참가한 인원은 우리를 포함해 모두 열 명이다. 영화가 끝난 후 한 친구가 "한국의 정치 영화는 처음 본다"고 말한다. 그 말을 듣는 순간 갑자기 눈물이 핑 돌았다. 내가 울자 모두 당황했다. 나는 울어서 미안하다는 말밖에는 달리 할말이 생각나지 않았다. 나는 이 영화를 여러 번 봤지만 한번도 울었던 적이 없다. 내가 왜 우는지 나조차 그 이유를 정확히 몰랐다. 에두아르가 나섰다.

"이 영화는 정치 영화라기보다 한국의 아픔을 다룬 드라마라고 생각해요. 친구가 되려면 그 친구의 아픔을 알아야 하죠. 지금 제 부인이 우는 이유는…."

에두아르는 더 이상 말을 잇지 못했다. 그의 눈이 충혈되어 있다.

〈공동경비구역 JSA〉의 일본 개봉을 앞두고 박찬욱 감독을 인터뷰한 적이 있다. 일본 관객에게 하고 싶은 말을 부탁했을 때, 그는 이렇게 말했다.

"친구가 되려면 그 친구의 아픔을 알아야 합니다. 일본이 한국과 친구가 되고 싶다면 한국이 가지고 있는 아픔을 먼저 이해해야 한다고 생각합니다. 이 영화는 한국의 아픔을 다룬 이야기입니다."

에두아르의 말은 내가 들려주었던 박찬욱 감독의 말을 옮긴 것이다. 그가 내가 우는 이유를 설명하다가 말을 잇지 못한 것은 아마도 내 눈물을 이해해서였을 것이다. 나는 프랑스인들의 눈에 이 영화가 단순한 정치 영화로 보이는 것이 서러웠던 것 같다. 그게 왜 서러웠는지는 나도 잘 모르겠다. 에두아르는 내 알 수 없는 서러움을 알아차린 듯했다.

우리가 결혼한 지 칠 년이 되었다. 며칠 전 책장 정리를 하다가 장 자끄 상뻬의 《속 깊은 이성 친구》가 눈에 들어왔다. 어차피 상뻬의 그림 때문에 산 책이기는 하지만, 전혀 공감할 수 없는 글투성이었던 책이다. 프랑스 생활 칠 년째인 지금, 다시 읽으면 어떨까 하는 호기심이 발동했다.

내 친구 폴과 아주 유쾌한 점심식사를 하고 막 헤어진 참이었다. 적어도 내 애정의 20%는 쏟았을 그 정다운 시간의 여운에 흠뻑 젖은 채, 나는 글라디스를 기다리고 있었다. 나는 그녀에게 70%의 애정을 기꺼이 바칠 생각이었다. 하지만 그것은 내가 쒸잔과 좋은 사이로 남아 있는 것을 그녀가 허락하는 경우에 한해서였다. 나는 쒸잔에게 내 성공의 50%를 빚지고 있고, 따라서 그녀에게 50%의 애정을 바쳐야 할 의무가 있다. 쉿잔, 그녀는 어떨까? 그녀는 내가 40%의 애정을 로르에게 쏟는 것을 용납해 줄까(로르는 로랑의 누이인데 나는 로랑에게는 25%의 애정을 쏟고 있다)? 때로는 그런 타산에 싫증이 난다. 지긋지긋하다. 더 이상 견딜 수가 없다. 감정의 저울질이 필요 없는 참으로 무던한 사람과 담백하게 살았으면 좋겠다.[21]

이상하다. 웃긴다. 생뚱맞던 상뻬의 글이 이젠 내게도 웃긴다. 그러고보니 며칠 전 봉준호 감독의 〈살인의 추억〉을 보던 에두아르가 '무모증'인 사람이 범인일 가능성을 추리하는 송강호를 보면서 때굴때굴 굴렀다. 어느덧 우리의 감성이 조금은 가까워져 있는 것 같다. 영화 〈리틀 포레스트〉의 대사가 떠오른다.

"양파는 모종심기에서 시작된다. 가을에 씨를 뿌려 두었다가 발로 잘 밟고 건조와 비를 피해 멍석을 열흘 정도 덮어두었다가 싹이 나면 걷는다. 싹이 어느 정도 자랄 때까지 키워서 미리 거름을 준 밭에 옮겨 심는데, 이것이 '아주 심기'다. 더 이상 옮겨 심지 않고 완전하게 심는다는 의미이다. 아주 심기를 하고 난 다음에

뿌리가 자랄 때까지 보살펴주면, 겨울 서릿발에 뿌리가 들떠 말라 죽을 일도 없을뿐더러, 겨울을 겪어낸 양파는 봄에 심은 양파보다 몇 배나 달고 단단하다."

지난 칠 년간의 감성적 거리의 서러움은 아마도 나를 에두아르 옆에 '아주 심는' 과정이었는지도 모르겠다. 에두아르도 그를 내 옆으로 '아주 심는' 칠 년의 서러움을 견뎌냈을 것이다. 서로 다른 감성의 서러움을 겪은 관계는 처음부터 같았던 것보다 몇 배는 더 단단한 감성으로 서로를 연결해 줄지도 모른다.

2부

책벌레가 사는 법

세상의 모든 책을 갖고 싶었어

"저 신문이랑 책들 좀 봐! 왜 저렇게 많이 들고 온 거야? 큭 큭큭."

"완전 엽기다. 크크크큭. 잠깐만, 저거 마요네즈 아니야? 왜 가져온 거지? 깬다, 깨."

"푸하하하! 완전 에두아르답다. 크크큭큭."

아이들이 수근수근 킥킥거린다. 그들의 대화를 엿듣다가 '마 요네즈'에서 빵 터져버렸다. 여행 가방 속에 마요네즈를 넣은 건 내가 한 짓인데, 아이들은 에두아르가 했다고 철석같이 믿 으며 '그답다'고 한다.

하하하!

남편의 수학여행에 인솔교사 대리인 자격으로 참가했다. 프랑스 중고등학교의 수학여행은 전교생이 의무적으로 같이 떠나지 않는다. 각 과목의 담당교사가 현지탐방이 필요하다고 생각될 때 학교에 여행을 제안하고 허락을 받는다. 그런 후 학생들에게 공고하고, 여행을 희망하는 학생 수가 어느 정도 인원이 되면 여행이 결정된다. 또 학생들이 직접 학교와 담당교사에게 수학여행을 건의하기도 한다.

이번 여행은 에두아르에게 라틴어 강의를 듣는 일학년(16세) 학생들의 건의로 이루어졌다. 여행 희망 학생 수는 열세 명이고, 여행지는 나폴리 일대이다. 열세 명의 아이들을 인솔하려면 최소한 성인 두 명이 동반해야 한다. 이번처럼 아이들이 제안해 이루어진 여행의 경우 각자 수업에 바쁜 다른 교사들이 동행하기 힘들다. 이럴 땐 학교 측에서 사무직 직원을 동반시키는데 에두아르가 주책맞게 나를 적극 추천했다. 이탈리아어를 할 수 있고, 호텔 방값을 줄일 수 있다고 교장을 꼬셨단다.

나는 4박 5일간의 인솔교사 대리인 일정을 마치면, 혼자 남아 동생 부부가 살고 있는 로마에서 며칠 더 머물 예정이다. 그래서 마요네즈를 챙겼다. 제부 파우스토는 프랑스산 마요네즈를 무척 좋아한다. 그를 위해 넉넉히 가져온 것을, 에두아르가 책을 찾기 위해 여행 가방을 연 사이 아이들이 보고 말았다.

커다란 여행 가방에 잔뜩 들어 있는 책들 중에 타키투스의 《로마 편년사》를 겨우 찾아낸 그는 바닥에 흘러넘친 책과 신문을 다시 가방에 쑤셔 넣느라 정신이 없다. 아이들이 자신을 놀리고 있는지도, 렌트한 미니버스 운전기사가 짜증스런 표정으로 손목시계를 쳐다보고 있는지도 모르는 것 같다.

"자~! 주목! 다들 일정표 확인했지? 호텔로 가기 전에 바로 바이아로 출발한다. 이제부터 노트와 볼펜을 챙겨 버스에 탑승!"

필기도구를 챙기라는 말에 아이들이 한숨을 쉰다. 버스에서라도 잠시 잠을 잘 수 있겠지 기대했던 아이들은 불만스런 표정이다. 그럴 만도 한 것이, 우리는 새벽 여섯 시 비행기를 타기 위해 네 시 삼십 분에 공항에서 집합했다. 모두들 잠이 부족했을 거다. 버스가 출발함과 동시에 에두아르는 마이크를 잡고 앞에 선다.

"여행 전에 내준 숙제는 다들 하고 왔지?"

숙제는 타키투스의 《로마 편년사》 몇 장을 읽어 오는 것이다.

"그럼, 우리가 왜 바이아에 가는지 알고 있겠지?"

"네로황제가 그의 어머니 아그리피나를 바이아에 있는 해변에서 죽이려고 했어요!"

"그렇지!"

에두아르는 흐뭇하게 웃으며, 손에 들고 있던 책을 펴든다. 이내 알 수 없는 근엄함과 뭔지 모를 뿌듯한 표정을 짓더니 마이크를 들고 있던 손을 허공으로 올리는 동작과 함께, 타키투스의 《로마 편년사》를 라틴어 원어로 읽어내린다.

Noctem sideribus illustrem et placido mari quietam!

(잔잔한 바다 위로 별빛이 찬란한 밤이었다!)[22]

마치 연극배우라도 된 듯 착각하고 있는 느낌이다. 그의 오버하는 표정과 몸짓 때문에 아이들이 킥킥거린다. 나도 웃음이 난다. 에두아르는 우리 반응에 아랑곳하지 않고 계속해서 과장된 어조와 몸짓으로 읽어나간다.

quasi convincendum ad scelus, dii præbuere.

(어떤 이는 말했다. 그것은 범죄를 또렷이 하기 위해 신들이 보낸 것이라고.)[23]

"캬~!" 맛있는 음식을 음미하듯 눈을 감고 문장을 음미하고 있다. 입가에 미소를 머금고 두 팔을 벌려 작은 원을 허공에 그린다. 행복해 보인다. 왜 저렇게 라틴어가 좋은 걸까? 하기야 좋은데 무슨 이유가 있을까? 에두아르는 계속해서 문장을 읽으며 내용을 해석하고 역사적 사실을 설명한다. 딴청을 피우던 아이들도 점점 집중한다. 그의 해맑게 행복한 표정이 한몫을 한 것 같다. 행복은 우리가 생각하는 것보다 훨씬 큰 파장으로 여운을 남긴다.

어느새 바이아에 도착했다. 미니버스 운전기사와는 아그리피나의 무덤 근처에서 세 시에 만나기로 했다. 시간이 많지 않아 바이아 고고학공원 견학을 마치고 서둘러 점심을 먹었다. 식사 후에 아그리피나의 무덤을 향해 나폴리만灣 해안선을 따라 걸었다. 에두아르는 선두에서 끊임없이 뭔가를 설명하며 걷고, 나는 맨 뒤에서 이탈하는 아이들이 없는지 주시하며 걸었다. 에두아르 옆에서 설명에 귀 기울이는 아이들이 있는가 하면, 귀에 이어폰을 꽂은 채 춤을 추느라 제대로 걷지 못하는 녀석들도 있다. 설명에 열중한 나머지 에두아르는 그런 녀석들이 있는지도 모르는 것 같다.

아그리피나의 무덤 앞에 도착해서도 에두아르는 변함없이 열정적으로 설명을 한다. 나는 슬슬 지겹다. 아그리피나의 무덤은 그냥 그렇게 불리는 것뿐이지, 그곳에 그녀의 무덤은 있지도 않을뿐더러 너무 작고 파손이 심한 원형 유적이라 실망스럽다. 이 정도의 유적이라면 이탈리아 전역에 수백 개는 더 있을 텐데, 뭐 저렇게 할말이 많을까?

약속시간에 늦지 않으려고 서두른 덕에 아그리피나의 무덤 견학을 마친 후에도 시간이 조금 남는다. 에두아르가 동네 구경을 제안하자 아이들은 신이 났다. 이번엔 열세 명 모두가 춤을 추느라 제대로 걷질 못한다. 어디서 나타났는지 동네 꼬마 녀석들까지 뒤섞여 춤을 추고 있다. 정신이 없다. 혹시 이탈이 있을지 몰라 나는 쉴 새 없이 움직이는 머릿수를 세고 또 세었다. 이를 어쩌나! 머릿수 하나가 부족하다!

이런! 가장 늙은 아이가 이탈했군.

"애들아, 에두아르 어디 갔어?"

"어? 모르겠는데요…. 걱정 마세요! 우리 다 같이 무슈를 찾아봐요!"

아이들은 선생이 사라진 게 숨바꼭질 놀이라도 되는 양 신이 났다. 열세 명이 동시에 '무슈 에두아르!'를 외친다. 우리를 따라다니던 동네 꼬마 두 명도 같이 외친다. 조용한 시골마을에 '무슈 에두아르!'가 쩡쩡 울린다.

"앗! 저기! 찾았어요! 무슈 저기 있어요!"

모두 우르르 그가 서 있는 곳으로 달려간다. 그러면 그렇지! 서점 앞이다. 그것도 문 닫힌 서점. 그는 서점 앞 쇼윈도를 열심히 들여다보다가 우리가 뛰어가자 활짝 웃는다.

"무슈, 마담이 무슈가 사라져서 걱정했어요. 그래서 저희가 같이 찾았어요!"

아이들은 숨을 고르며 자랑스럽게 말하고는 그가 들여다보고 있던 쇼윈도로 눈길을 옮긴다.

"저기 알베르토 안젤라의 책 《폼페이의 3일》, 저 책 사고 싶은데 서점 문이 닫혔네. 내일 폼페이 가기 전에 읽고 싶은데…."

에두아르는 그 책이 정말 절실히 사고 싶은지 반짝이는 눈에 미소를 머금은 애매한 울상을 짓는다. 한 아이가 묻는다.

"무슈는 책이 그렇게 좋아요? 왜 그렇게 좋으세요?"

"나도 모르겠다. 이 세상 모든 책을 갖는 게 어릴 적 내 꿈이었어. 그리고 한동안 그 꿈을 이룰 수 있을 거라고 생각했지.

그 꿈은 누구도 이룰 수 없는 꿈인데 말이야."

아련한 미소를 지으며 말한다. 아이들의 눈이 따뜻해진다.

여행 둘째 날, 폼페이 화산 유적지 견학이 시작된다. 아폴로 신전, 원형극장, 제빵소, 대중목욕탕 등을 둘러보고 '비극 시인의 집'에 도착했을 때, 에두아르는 프랑스에서부터 야심차게 준비해 온 스트립쇼를 시작한다. 초봄 쌀쌀한 날씨에 선생이 상의를 벗기 시작하자 아이들 얼굴엔 호기심이 가득하다. 에두아르는 속옷 대신 'Cave canem(개 조심)'이라는 라틴어가 쓰인 반팔 티셔츠를 입고 왔다. '비극 시인의 집' 앞 바닥 모자이크에 개 그림과 함께 쓰여 있는 라틴어다. 아이들이 좋아하며 집중한다. 에두아르는 신이 나서 손에 들고 있던 책을 펴든다. 플리니우스의 《서간집》이다. 저자가 베수비오 화산 폭발을 회상하며 타키투스에게 보낸 두 통의 편지를 라틴어로 읽으며 해석과 설명을 추가한다. 선생의 깜짝쇼 덕분인지 아이들은 이야기 속으로 빠져든다.

남은 여행 기간 동안 우리는 파에스툼, 카프리, 나폴리의 박물관과 성당을 둘러봤다. 마지막 날 밤의 일정은 나폴리의 산 카를로 극장에서 오페라 〈여자는 다 그래〉를 관람하는 것이다. 서둘러 움직인 덕에 오페라를 보기 전 조금의 시간 여유가 있다.

"한 시간 동안 자유시간을 줄 테니, 절대 혼자 다니지 말고 그룹을 지어 다니도록! 그럼, 한 시간 후에 극장 앞에서 집합한다."

아이들은 함박꽃 웃음을 지으며 박수까지 친다. 아이들이 그룹을 만들어 흩어지는 것을 확인한 후, 우리는 단체 예약 확인을 위해 극장으로 향했다. 잠시도 쉴 틈이 없는 여행이다. 다시는 수학여행에 따라오고 싶지 않다.

드디어 에두아르와 아이들이 프랑스로 돌아가는 여행 마지막 날이다. 로마행 기차시간까지 여유가 있고, 공항에서 혹시 낙오되는 아이들이 있을 수도 있어 나도 공항까지 동행했다. 공항에 도착해 짐을 부치고 티켓팅을 마친 우리는 애매한 식사 시간 때문에 이른 점심을 먹기로 했다.

에두아르와 나는 아이들과 조금 떨어진 곳에 앉아 공항에서 조차 맛있는 나폴리에서의 마지막 식사를 시작한다. 에두아르는 내게 로마에 머무르는 동안 알베르토 안젤라의 책을 사올 것을 부탁한다. 잠시 후 아이들이 우리 곁으로 우르르 다가온다. 한 아이가 선물꾸러미를 우리에게 건네자 아이들이 박수를 치며 동시에 외친다.

"선, 생, 님! 선, 생, 님! 우리 선생님!"

선생을 'professeur(선생님)'가 아닌 우리말 '씨'나 '님'에 해당하는 경칭인 '무슈'나 '마담'이라 부르는 프랑스 학생들이 "professeur, notre professeur(선생님, 우리 선생님)"를 외치고 있다.

선물꾸러미 안에는 요란한 색깔의 파스타 여러 종류와 책 한 권이 들어 있다.

알베르토 안젤라의 《폼페이의 3일》!

책을 펼치자 '선생님의 어릴 적 꿈이 이루어질 수 있기를!' 문구가 쓰여 있고, 그 아래에 열세 명 모두가 서명했다. 에두아르의 하얀 얼굴이 홍조를 띠고 파란 눈동자가 촉촉해진다.

미친 책벌레가 된 이유

　'수학 젬병 카트린'은 막내삼촌인 에두아르를 무척 따른다. 가족 중에 '카트린'은 세 명이나 되는데, 시어머니와 셋째동서, 그리고 큰조카가 '카트린'이다. 그래서 시어머니는 '카트린 넘버원', 셋째동서는 시숙의 이름을 붙여 '뱅상의 카트린', 어릴 적 수학을 못했던 큰조카는 '수학 젬병 카트린'이라 불러 구별한다. 에두아르는 큰형의 부탁으로 '수학 젬병 카트린'에게 개인 레슨을 해준 적이 있다. 수학 빵점 어린 조카 눈에는 어려운 수학 문제를 척척 풀어내며 설명해 주는 젊은 삼촌이 대단해 보였던 모양이다. 마흔이 넘은 카트린은 아직도 에두아르를 자랑스러워한다.

카트린과 그녀의 친구와 함께 연극을 보러 왔다. 장안의 화제가 되고 있는 모노드라마 〈파브리스 루키니와 나〉라는 작품이다. (파브리스 루키니는 프랑스의 국민배우로 '프랑스의 로베르토 베니니'라 불리기도 한다.) 입소문이 나는 데는 다 이유가 있다. 극본을 쓰고 연기한 코미디언 올리비에 소통은 마치 '루키니'가 그 안에 들어간 듯 신들린 연기를 선보였다. 공연이 마음에 들었던 에두아르는 극본을 샀다. 나는 극본에 사인을 받으며 그의 성姓 '소통'이 한국어로 '소통하다'라는 의미라고 했더니, 그가 무척 좋아했다.

기분 좋게 연극을 보고 나온 우리 넷은 맥주를 마시러 카페로 향했다. 안주는 방금 본 연극 〈파브리스 루키니와 나〉.

"몸 안 구멍 속에, 지긋지긋하게 가벼운 머리를 지닌 거북이는, 세상이 보고 싶었네. 우리는 미지의 낯선 땅을 보고 싶어하지, 다리가 편치 않은 이들은 집을 증오하지."[24]

에두아르는 극본을 펼쳐 라 퐁텐의 〈거북이와 오리 두 마리〉의 도입부를 읽으며 대화의 운을 뗀다. 모두들 '소통'이 '루키니'가 되어 극중에서 읊었던 이 우화시를 떠올리며 즐거워한다. 에두아르는 내친김에 계속해서 다른 우화도 암송한다.

"비둘기 두 마리가 다정히 사랑을 했네. 그중 한 마리가 집에 싫증이 나 어리석게도 머나먼 곳으로 여행을 떠나려 하네. 다른 한 마리가 말하네. 무엇을 하러 가니? 너의 벗을 떠날 생각이니? 너가 없다는 건 내게 무엇보다 큰 아픔인데."[25]

"우리 삼촌은 정말 머리가 좋아! 그걸 다 외우다니! 정말 대단해!"

카트린은 친구 앞에서 삼촌이 자랑스러운 듯 말한다.

이런! 에두아르가 제일 듣기 싫어하는 소리를 하다니. 이제 곧 좋은 분위기가 엉망이 되겠군.

"내가 머리가 좋긴 뭐가 좋아? 세상에 머리 좋은 사람들이 얼마나 많은 줄 알앗? 나는 그들에 비하면 돌대가리라고!"

그러면 그렇지. 에두아르는 예상했던 대로 지랄을 한다. 에두아르의 밉살스러운 말투에 카트린은 무안해하고, 그녀의 친구는 당황하는 눈치다. 아아, 자기 말대로 머리가 나쁘면 성격이라도 좋든지!

한번은 쁘렝땅 백화점 앞을 지날 때였다. 그 앞을 지날 때면 매번 에밀 졸라의 소설 《여인들의 행복 백화점》이 떠오른다. 나는 에밀 졸라가 그 소설에서 '쁘렝땅' 백화점을 모델로 '카트르 세종' 백화점이란 이름을 지은 게 너무 재미있다고 지나가듯 말했다. (프랑스어로 '쁘렝땅'은 '봄'이라는 뜻이고, '카트르 세종'은 '사계절'이라는 뜻이다.)

"소설 속 백화점 이름이 '카트르 세종'이었다고? 아니야. 소설 제목이기도 한 '여인들의 행복 백화점'이잖아. 그리고 소설의 모델이 된 백화점은 '쁘렝땅'이 아니라 '봉 마르셰'야."

"아니 '여인들의 행복 백화점'에서 일하다가 해고당한 '부트몽'이 차린 백화점 말이야. 소설 속에서 '카트르 세종'에 불이 나는 것도 예전 쁘렝땅 백화점 화재를 모델로 한 거잖아."

"어떻게 그런 걸 다 기억하냐? 나도 그 소설 읽었는데, 그런 이야기가 있었는지 전혀 기억이 나지 않아. 으휴! 내 대가리는 정말 돌인 거 같아."

에두아르는 소설의 내용을 자세히 기억하지 못하는 자신이 너무 한심하고 미운 듯했다.

"책을 너무 많이 읽어서 그래. 어떻게 그 많은 책의 내용을 다 기억할 수 있겠어?"

"다 기억하는 사람 많거든! 너도 지금 소설 내용을 다 기억하잖아…."

자신의 머리가 나쁘다는 것을 다시 한 번 확인해서인지 축처져서 말한다.

"네가 머리가 나쁘면 어떻게 그 어려운 학교에 들어갈 수 있었어? 네가 다닌 그 학교는 천재들만 갈 수 있는 학교라던데? 너도 혹시 천재 아니야?"

"내가 천재라고? 세상 천재 다 죽었냐? 세상에 머리 좋은 사람들이 얼마나 많은 줄 알기나 해?"

그의 처진 기분을 업시켜주고 싶어서 한 말이었는데, 그는 버럭 화를 냈다.

이것은 겸손인가? 자학인가? 괴팍인가? 이딴 식으로 나오면 위로하고 싶은 마음도 사라진다. 이런 일들이 반복되면서 나는 그에게 '머리가 좋다'는 말은 절대 하지 않는다. 에두아르는 왜 '머리가 좋다'는 말을 들을 때마다 화를 내는 것일까?

사촌조카 '푸름'이 고등학교 졸업식을 마치고 돌아오는 길에 '책 끊음' 골목선언을 했다고 한다. "본인은 지난 12년간의 교육 과정에서 책을 지나치게 많이 봤어야 하므로, 이에 앞으로는 책에 절대 손을 대지 않을 것을 선언하노라."

녀석의 황당한 선언이 어이없기도 했지만, 입시공부에 얼마나 진저리가 났으면 졸업 후 '책 끊음' 선언을 다 했을까 싶어 안쓰럽기도 했다. 푸름의 골목선언을 에두아르에게도 들려주었다. 나는 그가 한국의 교육 제도를 비판하거나, 요즘 젊은것들은 책을 안 읽는다고 한탄하며 스마트폰과 인터넷이 사람들을 게으르고 무식하게 만든다고 열을 올릴 거라 생각했는데, 반응은 의외였다. "그러다 말 거야." 푸름이 곧 다시 책을 읽게 될 거라며 자신의 이야기를 들려주었다.

믿기 어려운 일이지만, 에두아르도 책을 끊은 적이 있었다. 끊었다는 표현이 적절한 것인지는 모르겠지만, 아무튼 그도 책을 읽지 않은 기간이 있었다. 열세 살 때 처음으로 '보이스카우트 행진'에 참석한 이후 등산과 캠핑에 매료된 그는 스무 살 무렵까지 책을 읽지 않았다. 행진에서 그는 항상 선두에 섰다. 그는 다른 아이들보다 두드러지게 잘 걷고 지치지도 않았다. 에두아르는 방학이 되면 보이스카우트 행진이 아니라 해도 친구와 며칠씩 산을 타고, 혼자 무전여행을 했다. 책은 학교 수업에 필요한 것만 읽었다. 그랬던 그가 바칼로레아와 프레파 과정을 거쳐 그랑제콜에 입학하면서부터 책에 빠져들기 시작했다.

바칼로레아란 프랑스 중등교육 과정의 절대평가 졸업시험 제도로 이 시험을 통과한 모두에게 국공립대학 입학 자격이 주어진다. 프레파 과정은 대학이 아닌 프랑스만의 엘리트 고등교육기관인 '그랑제콜'에 진학하기 위해 거치는 이 년간의 교육 과정인데, 우수한 성적으로 바칼로레아를 통과한 소수 학생들만 진학할 수 있다. 프레파 과정은 평준화되어 있지 않아 바칼로레아의 성적이 좋을수록 더 좋은 명문 프레파 과정에서 공부할 수 있다.

프레파 과정의 학생들은 이 년 내내 혹독한 양의 수업을 받아야 하며, 지필고사와 구두시험을 비롯해 엄청난 양의 숙제를 견뎌내야 한다. 프레파 과정을 마친다고 해서 모두가 그랑제콜에 진학할 수 있는 것도 아니다. 프레파 과정의 내신성적으로 전국 단위의 석차가 매겨지고, 각자가 원하는 그랑제콜에 복수 지원할 수 있다. 그랑제콜은 프랑스의 일반 국공립대학처럼 평준화되어 있지 않다. 명문 그랑제콜에 입학할 수 있는 학생은 그중에서도 극소수다. 학업성적이 좋았던 에두아르는 명문 프레파 과정을 거쳐 프랑스에서 가장 인정받는 최고의 그랑제콜에 입학했다. 그렇게 되기까지 에두아르는 잠자는 시간을 제외

한 모든 시간을 공부에만 투자했다. 프레파 과정 이 년간은 산에도 가지 않았고 여행도 하지 않았다.

에두아르는 그랑제콜에 입학하기 전까지 자신이 아는 것도 많고 무척 똑똑한 사람이라고 생각했다. 그런데 그랑제콜에 입학한 후부터 사정은 달라졌다. 엄청난 경쟁을 뚫고 들어간 그 학교에 모인 아이들은 다들 천재였다. 에두아르처럼 죽어라 열심히 공부해서 그 학교에 합격한 아이들은 몇 되지 않았다. 그 학교에 들어온 아이들은 무언가를 알기 위해 매번 읽어야 하고 때론 읽은 책을 다시 읽어야 했던 에두아르와는 달리 스윽 한 번 훑어만 봐도 다 기억했다. 에두아르는 읽고 읽고 또 읽어도 그들을 따라가기 버거웠다. 아무리 노력해도 따라가기 힘든 아이들 사이에서 에두아르가 할 수 있는 것은 노력을 멈추지 않는 것뿐이었다.

에두아르가 '머리가 좋다'는 말에 민감한 것은 천재들 사이에서 느꼈던 열등감 때문인 것 같다. 나는 그의 이야기를 들으며 그가 어떻게 하다가 지금의 미친 책벌레가 되었는지 짐작할 수 있었다. 에두아르는 천재들 사이에서 상대적 열등감을 느끼면서 그들과 동등해지기 위해 책을 읽기 시작했고, 그러는 사이 책 읽기는 습관이 되어버린 것 같다. 처음으로 그가 대단해 보였다.

천재들 사이에서 부딪혔을 자신의 한계에 좌절하지 않고 지금의 책벌레가 되었다는 것은 자신의 인생을 포기하지 않았다는 것일 테니까. '열등감'으로 불안해지고 우울해지는 것이 아니라 열등함을 보완하기 위해 스스로를 발전시킬 수 있다면, 어느 정도의 열등감은 가져볼 만한 것 같다.

무궁무진한 지적 호기심

몇 해 전 친구가 우리 집을 다녀간 후 서울에서 다시 만났을 때였다. 출판계의 선배로 존경받는 분과 함께하는 자리였다. 선배는 《사무치게 낯선 곳에서 너를 만났다》에 등장하는 나사 빠진 책벌레 이야기가 재미있었다며 에두아르에게 관심을 보였다. 그러자 친구가 말을 꺼냈다.

"에두아르는 정말 엄청난 책벌레예요. 주영이 집에 갔을 때 책장에 있는 책들을 보면서 기죽고 말았어요. 책의 양도 양이지만 그 컬렉션에 감탄했어요. 저라면 그런 남자하고 살면 주눅이 들 텐데, 주영이는 주눅이 들기는커녕 심지어 막 대하더라고요."

출판편집자인 내 친구도 적지 않은 책을 읽었을 텐데 그 친구 입에서 '주눅'이라는 말이 나오다니, 신기했다. 그러고보니, 나는 책벌레 에두아르 앞에서 주눅 든 적은 없는 것 같다. 내가 몰랐던 작가나 작품에 대한 이야기가 나올 때 창피했던 적은 있지만, 그것은 '주눅'이라기보다 '그동안 나는 뭘 하고 살았나' 하는 자책에 가까운 것이었다. 에두아르를 지켜보며 '아는 게 많다고 해서 지혜로운 것은 아니'라는 사실을 절실히 느끼고부터는 친구의 말대로 어리바리한 그를 막 대할 수 있게 되었다. 하지만 내가 에두아르 앞에서 주눅 들지 않는 결정적인 이유는 따로 있다.

에두아르는 책이 재미있어서 읽는다. 독서는 그에게 가장 큰 오락이다. 에두아르가 만약 천재들에 대한 상대적 열등감만으로 미친 책벌레가 되었다면 독서를 하루도 거르지 않고 수십 년 끊임없이 해오지 못했을 것이다. 에두아르는 그럴 만한 위인이 못된다. 그는 많은 서양인들이 그렇듯 인내심이 많지 않다. 그에게 독서는 누가 시켜서 억지로 하는 것도, 의무감에 참아내며 하는 것도 아니다. 게임광이 게임하는 게 좋아서 하듯이 그저 책이 좋아서 읽는 것뿐이다. 그는 몰랐던 사실을 하나하나 알아가는 것을 즐긴다. 스스로 알고 싶고 궁금한 게 많아서 책을 읽는 것뿐이다. 그저 '지적 호기심'이 넘쳐나는 에두아르 앞에서 주눅이 들 이유는 없다. 지적 호기심이 충만한 남편과 산다는 것은 주눅 들 일이 아니라 성가신 일이다. 알고 싶은 것이 많은 사람은 질문이 많다.

"에두아르가 한국어를 잘하면 좋겠다 싶다가도, 평생 못하면 더 좋을 거 같다."

친정부모님이 에두아르를 볼 때마다 하시는 말씀이다. 오죽 질문을 많이 했으면 이런 말씀을 하실까? 에두아르는 엄마 아빠에게 오만 가지 질문을 해댄다. 한국전쟁 당시 피난민의 생활은 어떠했는가? 피난 갈 때 잠은 어디서 잤는가? 잘 때 이부자리는 있었는가? 경제의 급성장으로 인한 한국 사회의 문제점은 무엇이라고 생각하는가? 한국인들은 진정으로 남북통일을 원하는가? 한국 여자들은 모두 샤워를 삼십 분씩 하는가? 한국인들은 모두 딸기도 씻어 먹는가? 어릴 때 선생한테 맞아본 적이 있는가? 등등.

대답을 들은 후에는 그 대답에서 또 다른 질문을 물고 와서 꼬리에 꼬리가 달린 질문을 해대며 사람을 괴롭힌다.

알고 싶은 게 너무 많은 탓에 그는 완전 주책바가지가 되기도 한다. 만난 지 얼마 안 되는 사람에게 고향, 가족관계, 직업

등등 가리지 않고 사생활을 마구 묻는다. 에두아르의 그런 태도가 예의 없어 보여 몇 번이나 핀잔을 줬지만, 그는 그런 것을 묻지 않는 내가 더 예의 없는 사람이라고 받아친다. 공적으로 만난 것도 아니고 사적으로 만난 사람에게 사생활에 대해 묻지 않으면 '나는 당신과 친해지고 싶은 마음이 없으며 당신한테 관심이 없다'는 뜻이라나? 뭐, 그렇게 생각할 수도 있겠다 싶다가도, 이혼한 사람에게 전 배우자와 왜 헤어졌는지 물어봤을 때는 진상이 따로 없다 싶었다.

가이드를 동행해 유적지나 박물관을 방문할 때는 질문이 그야말로 봇물처럼 터져나온다. 에두아르한테 걸린 가이드는 그날 하루 '재수가 옴 붙었다'고 봐야 한다. 일주일치 일을 몇 시간 만에 해야 하며, 빠르게 밑천이 떨어져 곤란한 상황에 빠져버리기도 한다. 뿐만 아니다. 본인이 알고 싶은 게 많으니 남들도 다 그렇다고 생각하는지, 갑자기 전화해서는 "라디오를 틀어! 한국에 대한 이야기가 나오고 있어!", "라디오를 틀어! 네가 얼마 전에 읽던 《멀고도 가까운》의 작가 리베카 솔닛이 떴다!" 이런 식으로 한마디 던지고는 전화를 끊어버린다. 한창 그림이나 글에 집중하고 있을 때 이따위 전화를 받으면 하던 일의 맥이 끊기고 만다. 딴은 나를 위한 것인지 몰라도, 고맙기는커녕 머리에서 김이 풀풀 날 지경이다.

다양한 분야에 걸쳐 알고 싶은 게 많은 사람과 산다는 건 이렇게 성가시다 못해 짜증스러운 일이지만, 솔직히 그런 지적 호기심이 부러울 때도 있다. 나는 뭐든 물어보면 척척 대답해주는 그를 가끔 '나의 쁘띠 로베르'라 부른다. '쁘띠 로베르'는 프랑스의 한 출판사가 펴내는 프랑스어 사전 브랜드명인데, 사전이라는 명사 대신 쓰일 만큼 명성이 높다.

에두아르는 내가 자기를 그렇게 부르는 것이 은근히 기분 좋은 눈치다. 자신이 멋있어 보인다고 생각하는 듯하다. 내가 그를 '나의 쁘띠 로베르'라 불러 비행기 태우는 것은 그가 멋있어 보여서가 아니라 정보를 공들이지 않고 쉽게 얻기 위한 알랑방귀지만, 아는 것이 많은 사람이 멋있어 보이는 건 사실이다. 나도 지적 호기심으로 지식을 채워 멋지게 보여봤으면 좋겠다.

에두아르의 무궁무진한 지적 호기심은 어떻게 생겨난 것일까 궁금하다.

어느 날, 현관 앞에서 책 한 권을 발견했다. 폴 머레이 켄들의 《루이 11세》라는 책이다. 책 맨 앞장에 '1975년 12월 2일 엄마가 사줌'이라고 쓰여 있다. 1975년이면 그가 초등학생일 때인데, 벌써 이런 책에 손을 댔다는 말인가? 책은 엄청 두툼한 데다 글자들은 깨알처럼 작다. 도저히 어린아이가 읽을 수 있는 책이 아니다.

그날 저녁 퇴근한 에두아르에게 정말 이런 책을 초등학생 때부터 읽었는지 물어봤다.

이 책을 읽고 계시는 할머니가 너무 멋있어 보여서 엄마에게 사달라고 졸랐는데, 막상 읽으려고 하니 너무 어려워서 선물 받고 십 년이 지난 후에야 읽을 수 있었다고 한다. 얼마나 생떼를 썼으면 아이가 도저히 읽을 수 없는 책을 사줬을까?

남편이 어릴 적 어머니를 졸라서 받아낸 어려운 책은 한두 권이 아니다. 생떼쟁이 막내아들을 키우느라 어머니가 얼마나 고생했을까 싶다. 어느 날 시어머니께 아이가 읽지도 못할 그 어려운 책들을 왜 사주셨느냐고 여쭤본 적이 있다. 어머니는 사달라고 해서 사줬다고 하시며 이런 설명을 덧붙이셨다. 지금은 어려워서 이해할 수 없으니 나중에 커서 이해할 수 있을 때 사주겠다고 하면 아이는 그 책을 커서도 읽지 않게 된다. 단, 생떼를 부릴 때까지 기다렸다가 사주어야 한다. 아이가 갖고 싶은 것에 대한 욕구가 절정에 달하면 그 물건에 대한 애착과 호기심이 생긴다. 부모는 아이를 관찰하면서 아이가 관심을 보이거나 관심이 생길 수도 있겠다고 생각되는 순간, 기회를 놓치지 않고 아이의 관심거리와 관련된 책이나 물건을 사주어야 한다. 아이가 관심을 보이지 않는 것을 부모 마음대로 먼저 제안하거나 강요하지 않아야 한다.

그러고보니 시어머니는 내게도 이런 방법을 썼던 것 같다. 결혼 후 내게 가장 시급한 것은 프랑스어 학습이었다. 어머니는 내가 어머니집에 갈 때마다 모아 놓은 신문기사 조각들을 주셨다. 기사 내용은 한국 관련 뉴스, 내가 관심을 보였던 인물이나 장소에 관한 것들이었다. 프랑스에서 살려면 알아야 하지만 내 관심 밖의 것들과 관련된 기사를 오려주신 적은 한번도 없었다. 마흔 넘긴 중년에게는 따분한 내용의 어린이용 동화책을 선물하는 친구들과는 달리, 인상파 화가와 관련된 두꺼운 책들을 선물해 주셨다. 생떼를 부리기에는 너무 나이 든 손녀뻘 막내며느리가 무엇에 관심이 있는지를 살피면서 프랑스어 공부를 즐겁게 하기를 바라셨던 거다. 어머니의 호기심 자극법이었던 거다.

이런 어머니 덕분에 에두아르는 평소 관심 있는 것들을 책을 통해 하나씩 알아가며, 알아가는 것에 대한 즐거운 맛을 보았을 것이다. 동시에 관심이 가는 것도 하나씩 늘어났을 것이다.

이런 일들이 반복되면서 자연스럽게 그의 지적 호기심은 하늘을 찌르게 된 것 같다.

에두아르의 지적 호기심이 부러운 이유는 단순히 많은 지식을 가져 멋져 보이고 싶어서만은 아니다. 알고 싶은 것을 알아간다는 것은 상당히 즐거운 일이다. 지적 호기심을 채우기 위한 독서는 무척 흥미로운 일이다. 에두아르는 나보다 더 즐거운 삶을 살고 있음에 틀림없다.

울트라 산만 밉상 독서법

프랑스 학교에는 일 년에 무려 다섯 번의 방학이 있다. 9월에 신학기가 시작되고 한 달 보름 정도가 지나면 '모든성인대축일 방학'으로 2주간 쉰다. 12월 말부터 2주간은 '성탄절 방학'이고, 2월 중순부터 2주간은 '겨울방학'이다. 또 4월에는 '부활절 방학'이라는 이름으로 2주간 쉰다. 그러고도 7월 초부터는 장장 8주간의 '여름방학'을 보낸다. 일 년이 54주니까 무려 30퍼센트가 넘는 기간을 방학으로 보내는 셈이다.

에두아르는 미친 책벌레인 것도 모자라 제대로 미친 여행광이기도 하다. 매 방학마다 어김없이 여행을 떠나야 한다. 행동이 굼뜨고 모든 일에 적응 속도가 느린 나로서는 무슨 일이든 시작할 만하다 싶으면 하던 일을 집어치우고 여행을 떠나야 하는 신세가 된다. 늘 바쁘게 지내는 한국의 친구들에게 이런 불만을 토로하면 "호강에 겨워 요강에 똥 싸고 짜빠졌다"는 대답이 돌아오기 일쑤이다.

사실 계획에 차질이 빚어지고 집중하는 시간을 방해받는 것에는 이제 어느 정도 적응이 되었다. 아직도 방학이 되면 나를 짜증나게 하는 것은 따로 있다. 바로 에두아르의 '여행 가방'이다. 에두아르가 여행을 떠날 때마다 바리바리 짐을 싸들고 다니는 바람에 매번 피난민이 되는 기분이다. 물론 내가 그 짐보따리를 들고 다니는 것은 아니다. 에두아르는 그 많은 짐들을 혼자서 짊어지고 낑낑거리다 넘어지고 자빠지고 잃어버리고 되찾고 생쇼를 다한다. 그 꼴을 보고 있자면 속이 터져 문드러진다. 도대체 저 인간은 왜 그러고 사는 것일까?

10월에 결혼을 하고 우리가 처음 맞이한 방학은 12월 '성탄절 방학'이었다. 휴가를 보내고 돌아오는 차 안에서 에두아르는 2월 겨울방학에는 어디로 여행을 갈지 머리를 싸매고 고민했다. 그 고민이 어찌나 깊던지 옆에서 나는 뜨악하고 말았다. 에두아르는 매번 휴가를 마치고 돌아오는 길에 다음 휴가 때 갈 곳들의 리스트를 심혈을 기울여 작성하고, 내가 그중 한두 곳을 선택한다. 여행지가 결정되면 교통편과 숙박 예약을 서둘러 마친 후, 본격적인 휴가 준비에 돌입한다. 에두아르의 휴가 준비는 서점에서 시작된다. 여행지를 소개하는 가이드북은 기본이고 가격이 꽤 비싼 지도까지 꼼꼼히 챙긴다. 여기까지는 그럴 수 있다. 지도를 제외하면 누구나 여행을 떠나기 전에 가이드북을 사니까. 에두아르는 여행지의 역사나 문화를 소개하는 책들도 한아름 사들인다. 사 모은 책들을 틈틈이 읽으며 방문할 곳을 체크하고, 그런 다음에는 방문지와 관련된 건축물이나 역사적 인물에 대한 책들을 사 모으기 시작한다.

이렇게 여행 한 번 갈 때마다 온갖 책들을 사들이곤, 미처 못 읽은 책들은 당연하고 다 읽은 책들마저 여행 짐보따리에 죄다 때려 넣는다. 이렇게 여행 관련 서적으로 채워진 천근만근 여행 가방이 완성된다. 명색이 미친 책벌레의 아내로서 천근만근 책 짐보따리 하나 정도는 눈감아줄 수 있다. 이 정도도 못 참으면 이 남자와는 살 수 없다. 문제는 이 미친 책벌레가 책 짐보따리를 하나 더 챙겨 내 속을 벅벅 긁는 것이다.

에두아르는 독특한 독서법을 가지고 있다. 일분일초라도 짬이 생기면 책을 읽어대는 그는, 한 권 다 읽고 그다음 책을 읽는 게 아니라 동시에 여러 권의 책을 돌려가며 읽는다. 잠자기 전 침대에서 읽는 책, 영화관에서 광고가 흐르는 동안 읽는 책 (그는 영화 시작 직전까지 휴대폰 라이트를 켜서 책을 읽는다), 슈퍼마켓 계산대 앞에서 줄을 서야 할 때 읽는 책, 전철 안에서 읽는 책 등등 그때그때 그의 손에는 다른 책이 들려 있다. 여행지에서도 이런 습관은 그대로 이어진다. 덕분에 여행지와 관련 없는 책들로 구성된 여행 가방이 하나 더 늘어나는 것이다. 여기에 나와 에두아르의 옷가지와 여행용품을 담은 가방이 각각 한 개씩이니, 여행 갈 때마다 짐보따리가 최소한 네 개는 된다. 이러니 여행 가방을 쌀 때마다 차라리 방학이 없었으면 하는 생각이 절로 든다.

에두아르는 대체 왜 그렇게 여러 권의 책을 돌려가며 읽는 것일까? 나는 그것이 일종의 '주의력결핍 과잉행동장애(ADHD)'가 아닐까 하는 생각을 한 적이 있다. 혹시나 해서 인터넷을 뒤져 여러 자료를 읽어봤지만 그의 행동 양상을 보면 ADHD와는 거리가 멀었다. 나는 궁금증이 해소될 때까지 정말이지 온갖 정신질환에 대해 검색을 해봤다. 그러다가 우연히 발견하게 된 책이 있는데, 조승연의 《공부기술》이라는 책이다. 이 책에서 "두뇌는 몸 전체에서 사용되는 것과 같은 양의 영양분을 필요로 하는 큰 근육이다. 따라서 뇌도 근육과 마찬가지로 사람마다 한 번에 쓸 수 있는 집중력에 한계가 있다"라는 문구를 발견했다. 엄청난 책벌레에 공부 잘하기로 소문난 저자는 "20분마다 과목을 바꿔서 공부하라"고 조언한다. 이렇게 하면 우뇌와 좌뇌가 번갈아 가며 활동을 해서 집중력이 향상된다는 것이다. 어쩌면 에두아르도 이런 원리에 따라 '효율적인 독서'를 하고 있는 것일지도 모른다고 짐작했다.

그런데 정작 에두아르에게 왜 동시에 여러 권의 책을 돌려가며 읽느냐고 물어보니 "그냥 예전부터 그렇게 해서 습관이 됐다"고 한다. 그가 의식적으로 선택한 것이든 우연히 터득하게 된 것이든, '여러 권 돌려가며 읽기'가 에두아르를 포함해 대다수 독서광에게 효율적인 독서법일지 몰라도 내게는 '울트라 밉상 독서법'이다. 그런 독서법 때문에 평상시에도 늘 책보따리를 들고 다니느라 정작 다른 물건은 길에 흘리고 다니고, 여행을 갈 때도 짐보따리를 네 개나 챙겨야 하니 말이다!

며칠 뒤면 또 휴가가 시작되고, 나는 또다시 여행 가방을 싸야 한다. 결혼 직후, 에두아르가 지나치게 많은 잠옷과 속옷, 양말을 가지고 있어 깜짝 놀랐다. 그 이유를 이제는 안다. 그는 결혼 전에도 방학이 되면 여행을 떠났을 테고, 매번 커다란 여

행 가방 한가득 책을 싸들고 다녔을 것이다. 책만 챙기면 일단 안심인 데다 무척 덜렁대는 그가 잠옷과 속옷, 양말을 깜빡하지 않았을 리 없다. 그는 매번 여행지에서 잠옷과 양말을 또 사야 했던 것이다. 에두아르는 무척 검소한 편이지만, 정작 본인의 독서법 때문에 돈이 줄줄 새고 있다는 건 생각을 못한다. 무거운 책가방으로 인해 비행기 수하물 추가 비용에 속옷과 양말을 새로 사는 비용까지! 아무리 귀찮아도 가정경제 파탄을 막기 위해 남편 빤스 값이라도 절약하려면, 내가 그의 여행 가방까지 싸야 한다.

며칠 후에도 내가 궁상맞게 빤스와 양말을 챙기는 동안, 에두아르는 온 집안을 산만하게 헤집고 다니며 고상하게 책가방을 쌀 것이다. 벌써부터 짜증이 밀려온다. 나는 일 년에 아주 여러 번, 생활필수품 여행 가방 이인분을 싸는 인공지능 무탑재 '골 빈 로봇'이 된다.

매일 더 무식해지는 사람

개떡같이 생긴 책 한 권이 또 도착했다. 너무 낡아 겉표지는 사라지고 없다. 다 떨어진 제본은 박스테이프로 붙여 놓았다. 이런 책을 파는 인간이나 사는 인간이나! 뒷말은 생략하자.

대체 무슨 책인가 들여다봤다. 내가 아는 언어가 아니다. 라틴어인 건 확실한데 무슨 내용을 다루고 있는지 해석 불가다. 책을 들여다보다가 '스키피오넴(SCIPIONEM)'이라고 쓰인 곳에 눈이 멈췄다. '혹시 스키피오?' 깜짝 놀랐다. 나는 가슴을 치며 외치지 않을 수 없었다. 아아! 나는 미친년이다! 미친놈하고 살다보니 이젠 나도 미쳤구나! 아니다! 미친놈을 시험한 나는 나쁜 년이다.

이야기의 전말은 내가 알랭 드 보통의 《젊은 베르테르의 기쁨》이라는 책을 읽은 것에서 시작한다. 저자는 '지적 부적절함에 대하여'라는 꼭지에서 "교육의 목적이 지식이 아닌 지혜를 키워주는 데 있어야 한다"고 말한다. 골백번은 들어왔고 천 번만 번 동감하는 소리다.

저자는 이야기에 설득력을 싣기 위해 몽테뉴의 교육 철학이 담긴 말과 생각을 인용한다.

선뜻 우리는 이렇게 묻는다. "그 사람은 그리스어와 라틴어를 아는가" "그 사람 시와 산문을 쓸 줄 알아?" 그렇지만 가장 중요한 것을 우리는 대수롭지 않게 여긴다. "그 사람은 더 선해지고 현명해졌는가?" 우리는 가장 많이 이해하는 사람이 아니라 가장 잘 이해하는 사람을 찾아야 한다. 우리는 오성惡性과 옳고 그름에 대한 감각은 공허하게 비워놓고서 오로지 기억을 채우기 위해 분투한다.[26]

자칫 식상해질 수 있는 이 이야기를 알랭 드 보통은 흥미로운 접근 방식으로 풀어낸다. '똑똑한 사람이 알아야 한다고 하는 것에 대한 시험문제'와 '몽테뉴식 지혜에 관한 시험문제'를 비교해 독자들에게 제시한다. 바로 이것이 나의 호기심을 자극했다. '똑똑한 사람이 알아야 한다고 하는 것'으로 에두아르를 시험해 보고 싶은 악마 같은 호기심.

문제 중에 고대 철학자 세네카의 라틴어 원문을 발췌해 놓고 번역하라는 것이 있다. 한국어 번역문 없이 라틴어만 실어 놓았다. 책을 들고 가서 에두아르에게 "이 글 번역 좀 해줄래?" 했다. '못했다간 어디 두고 봐라!' 하는 속내를 숨기기 위해 책 속 문장의 뜻을 몰라서 곤란한 듯한 표정을 연기하기도 했다. 에두아르는 문장을 쓰윽 훑어보더니 "여기 쉼표 하나가 빠졌네" 하는 여유를 보이며 바로 번역해 버렸다. "엑설런트!" 문장에 감탄한 에두아르는 누가 쓴 글이냐고 물었다. 나는 실망한 표정을 애써 숨기며 '세네카'라고 답했다. 그는 '세네카의 무슨 책'에서 인용된 것이냐고 꼬치꼬치 물었다. 〈자비에 관하여〉에서 발췌한 것이라 쓰여 있다고 알려줬다. 에두아르는 고개를 갸우뚱하더니 "그 책을 잠깐만 봐도 되겠냐"고 했다. 왠지 느낌이 좋지 않았지만, 그가 읽을 수 없는 한국어판이니 괜찮을 거라 생각했다.

저녁시간, 에두아르는 그 문장이 세네카의 〈현자의 항덕恒德에 관하여〉에서 발췌된 것이라고 알려줬다. 돌려받은 책에는 친절하게 오탈자 교정까지 되어 있다. 책에 소개된 문제 중에 고대 그리스어를 그대로 옮겨놓은 아리스토텔레스의 《니코마코스 윤리학》의 일부에는 오탈자가 열 곳 정도 된다. 어차피 대부분의 사람들이 읽지 못하고 저자의 메시지와도 상관이 없으니 오탈자가 있어도 문제될 건 없다. 문제는 에두아르가 책을 샅샅이 뒤져본 것 같다는 점이다. 불길한 예감이 들었다.

며칠 후, 세네카의 《대화 제4권》이 집으로 배달되었다. 〈섭리에 관하여〉, 〈현자의 항덕恒德에 관하여〉, 〈평상심平常心에 관하여〉, 〈은둔에 관하여〉를 한 권으로 엮어 1944년에 출판한 것이다.

에두아르에게 도착한 책을 건네며 물었다.

"혹시 전쟁 중에 출판된 책이 갖고 싶어서 가지고 있는 책을 또 산 건 아니지?"

그는 아니라고 잡아떼며 이 책을 사고 싶게 만들어줘서 고맙다고 했다. 고맙다는 말을 듣고 성질이 나기도 처음이었다.

그리고 오늘, '스키피오'가 등장하는 누더기 같은 책이 도착한 것이다. 내가 놀란 이유는 알랭 드 보통이 '지적 부적절함에 대하여'에서 스키피오 아프리카누스와 스키피오 아에밀리아누스를 언급하고 있어서다. (스키피오 아프리카누스는 제2차 포에니전쟁 중 한니발의 군대를 아프리카 자마전투에서 무찌른 로마공화정의 장군이고, 스키피오 아에밀리아누스는 제3차 포에니전쟁을 로마공화정의 승리로 이끈 장군이자 스키피오 아프리카누스의 처조카이다.)

분명 한글로만 쓰여 있었던 걸로 기억하는데, 에두아르가 어떻게 알았을까? 혹시 스키피오와 세네카 사이에 무슨 연관 관계라도 있는 것일까? 일자무식 나로서는 알 수 없는 노릇이다.

퇴근한 에두아르는 도착한 책을 보면서 싱글벙글한다.

"혹시 이 책… 스키피오 가문에 관한 책이야?"

그가 눈을 동그랗게 뜨며 "어떻게 알았냐"고 한다. 나는 책에서 '스키피오넴'이라 쓰인 곳을 찾아 가리키며 물었다. (스키피오넴(Scipionem)은 스키피오(Scipio)의 목적격 형태로 '스키피오를'이라 번역할 수 있다. 우리말에는 명사에 조사를 붙여 주격, 목적격 등을 구별하지만, 라틴어는 명사의 형태를 바꾸어 구별한다.)

"혹시… 스키피오하고 세네카하고 무슨 연관이 있어?"

"아니, 왜?"

"그럼, 이 책 왜 샀어?"

에두아르는 내가 대체 뭘 궁금해하는지 모르겠다는 표정이다. 나는 지난번에 번역을 부탁했던 책에서 스키피오를 언급하고 있는데, 오늘 배달된 책에도 그 이름이 나와서 혹시 세네카의 문장과 스키피오와 무슨 관계라도 있는가 궁금하기도 하고 신기해서 물어본 것이라고 했다. 에두아르는 한글을 떠듬떠듬 읽을 수는 있지만, 이해하지 못하는 문장이 99.8퍼센트 정도는 된다. 그런 그가 그 많은 문장 속에서 '스키피오'라는 글자를 찾아내는 것은 거의 불가능하지만, 이 괴물 같은 인간에겐 기적이 자주 일어나기도 해서 확인차 물었다.

"설마 그 책을 읽을 수 있었던 건 아니지?"

그가 실토를 하기 시작했다.

사실 그 책에서 '스키피오'를 로마자로 표기해 괄호로 묶어 놓은 것을 봤다. (252쪽에 로마자 표기가 등장한다.) 내용은 전혀 이해하지 못했지만 'Scipio'라는 글자를 보는 순간, 얼마 전에 읽었던 피에르 그리말의 《스키피오 가문의 세기世紀》라는 책이 떠올랐다. 《스키피오 가문의 세기》는 역사학자 마르셀르 그레이가 쓴 《로마, 공화국의 위엄과 쇠퇴》와 《로마, 제국의 위엄과 몰락》을 읽으면서 책 속에 등장하는 스키피오 가문에 대해 자신이 아는 바가 적다는 것을 알고 읽게 된 책인데, 그 책을 읽다보니 스키피오 가문에 대해 더 깊이 알고 싶어졌다. 그 무렵 내가 알랭 드 보통의 《젊은 베르테르의 기쁨》을 들고 나타났다. 수많은 한글 속에서 '스키피오'의 로마자 표기를 보는 순

간, 본인이 스키피오 가문에 대해서 더 알고 싶어했다는 것을 상기했다. 《스키피오 가문의 세기世紀》는 1975년에 쓰인 것이라 그 이전 아주 이전에 쓰인 스키피오 가문에 관한 책을 가능하면 라틴어 원서로 읽고 싶어 이 책을 사게 되었다.

그의 말을 듣고 있자니 머릿속이 실타래처럼 엉키는 것 같다. 굳이 책을 사게 된 경위를 구체적으로 알고 싶지 않아 건성으로 들었지만, 그의 말을 쉽게 요약 정리하자면 'A책을 읽다 보니 B를 모르겠어서 B에 관한 책을 사서 읽었는데, B에 관한 책을 읽다보니 이번엔 C와 D를 모르겠어서 C와 D에 관한 책을 사서 읽을 수밖에 없다'는 거다. 결론적으로 책을 읽으면 읽을수록 모르는 게 늘어난다.

에두아르가 미친 책벌레가 된 데에는 이러한 사연도 있었던 것이다. 하루에도 여러 권의 책을 돌려 읽는 그는 하루가 멀다 하고 모르는 것이 늘어나고 있다.

오늘보다 내일 더 무식해져 있을 사나이, 내 남편 미친 책벌레 에두아르가 유식해질 날이 오기는 할까?

모른다고 말할 수 있는 자신감

에두아르가 자주 듣는 프랑스 공영 라디오 방송의 문화채널인 '프랑스 퀼투르'에서 작가 오에 겐자부로의 인터뷰가 진행 중이다. 라디오를 듣고 있던 에두아르가 내게 오에 겐자부로에 대해 묻는다. 나는 그에게 되물었다.

"오에 겐자부로 책, 안 읽어봤어?"

"응, 한 권도 안 읽어봤어."

뜻밖이다. 나는 에두아르 정도의 미친 책벌레라면 오에 겐자부로 같은 거물급 작가의 책은 적어도 몇 권은 읽었을 거라 생각하고 있었다.

에두아르가 알고 있는 일본 작가는 가와바타 야스나리와 오에 겐자부로 정도인데, 가와바타의 소설도 단편 하나를 읽은 게 다라고 한다. 그나마도 노벨문학상을 타지 않았다면 그들의 존재를 몰랐을 거란다. 당연히 나쓰메 소세키나 아쿠타가와 류노스케 같은 이름은 들어본 적도 없고 심지어 무라카미 하루키, 요시모토 바나나도 모른다고 한다. 그의 말을 들으며 놀랐다. 지독한 책벌레인 그가 일본 문학에 대해 아는 바가 없어서가 아니다. 본인이 아는 바가 없는 것에 대해 당당하게 모른다고 하는 모습이 놀라웠다. 어떻게 모르는 것을 이렇게 쉽게 모른다고 할 수 있을까?

몇 해 전 일이다. 에두아르는 그의 사학년(13세) 학생들에게 지도할 작품으로 프랑스의 3대 극작가 중 한 명인 피에르 코르네유의 비극《르 시드》를 택했다. 당시 나는 '코르네유'라는 이름조차 '어디서 들어봤더라?' 하는 정도였다. 당연히《르 시드》를 몰랐다. 위키피디아의 도움으로 코르네유가 얼마나 유명한 작가인지, 그의 작품이 프랑스 문학사에 차지하는 비중이 어느 정도인지 눈치 챈 나는 몰래《르 시드》번역판을 구해 읽었다. 그리고 에두아르 앞에서 마치 코르네유를 예전부터 알고 있던 것처럼 행동했다. 급하게 꾸역꾸역 읽어낸《르 시드》가 내겐 무척 지루한 작품이었다는 말은 하지 않았다. 아니, 하지 못했다. 프랑스 고전극의 기초를 확립시킨 작품이라 평가받는《르시드》가 지루하다고 하면 무척 무식해 보일 거 같아서였다.

이런 일은 여러 번 반복되었다. 장 아누이의《안티고네》가 그랬고, 라클로의《위험한 관계》가 그랬다. 나는 그들의 작품을 에두아르 몰래 급하게 읽고는 마치 예전부터 알고 있던 작가이고 이미 오래전에 읽은 작품인 양 행동했다.

그러던 어느 날 에두아르가 시인 '흐엉보'를 언급했을 때, 나는 더 이상 모르는 것을 숨기는 데 지쳐 "그런 이름은 들어본 적도 없다"고 말해버렸다. 에두아르는 아무렇지도 않은 표정으로 '흐엉보'가 썼다는 〈오필리아〉 라는 시를 암송하기 시작했다.

별들이 잠들어 있는 고요하고 어두운 물결 위,

하얀 오필리아 커다란 백합처럼 떠다니네,

긴 베일 차림으로 누운 채 아주 서서히 떠다니네

– 깊은 숲 속에선 사냥꾼들 함성소리 들리고.

(중략)

바로 천년 세월도 더 넘게 슬픈 오필리아

하얀 환영 되어 길고 어두운 강물 위로 지나가네,

바로 천년 세월도 더 넘게 그녀의 감미로운 광기

저녁 산들바람에 연가懸歌를 속삭이네.

(후략) [27]

그가 '호엉보'라고 발음했던 시인이 우리가 '랭보'라고 발음
하는 천재 시인이었다는 사실을 알게 되었을 때 나는 창피했
다. 그가 랭보를 모른다는 내게 어떤 비난도 경악도 하지 않았
기 때문이다. 누군가 내게 랭보를 모른다고 했다면, 나는 뭐라
고 했을까?

예전에 회사 동료에게 들은 이야기가 생각났다. 내 동료의
친구가 대학시절 소개팅 자리에서 있었던 일이라고 한다. 상대
로 나온 남자는 말끔한 외모와 좋은 매너, 재밌는 말주변을 가
지고 있었다. 즐거운 저녁시간을 보내고 온 그녀는 그날 이후
남자의 애프터 신청을 기다렸다. 하지만 며칠이 지나도 아무런
소식이 없었다. 그날의 태도로 봐선 남자도 그녀가 마음에 들
었던 것 같은데, 애프터 신청이 없는 것이 이상했다. 결국 그녀
는 소개팅을 주선한 친구에게 남자의 안부를 물었고, 듣지 않
아도 될 소리를 듣고는 상처를 받았다. 남자가 그녀에게 애프
터 신청을 하지 않은 이유는 소개팅 자리에서 남자가 낸 수수

께끼를 그녀가 풀지 못했기 때문이었다. 소개팅 분위기가 무르익을 무렵, 남자는 종이에 모자 모양의 그림을 그리면서 "이것이 뭘로 보이냐?"고 물었다고 한다. 여자는 '모자'라고 대답했다. 남자가 원하는 대답이 아니었다. 남자는 나름대로 힌트를 준답시고 "이 그림이 무섭지 않냐?"고도 물었다. 당연히 여자는 "전혀 무섭지 않다"고 했다. 남자가 낸 문제의 정답은 '코끼리를 삼킨 보아뱀'이었다. 남자는 생텍쥐페리의《어린 왕자》도 읽지 않은 여자와는 더 이상 만날 가치가 없다고 했다는 것이다. 이 이야기를 들었을 때 내가 했던 말을 기억한다. "지랄하네, 병신!"

내가 일본과 일본인, 일본어를 가장 잘 알고 있다고 생각했을 때는 일본에 가서 일본어 공부를 시작해 육 개월이 지났을 때다. 그때 나는 누군가가 일본에 대해 물어오면 "일본은 이렇고, 일본인들은 이래"라고 단정 지어 말하며 내가 일본통임을 과시했다. 누군가 일본어 문법이 틀린 문장을 구사하면 빠짐없이 지적했다. 가끔 그때를 떠올리면 얼굴이 달아오를 만큼 창피하다. 그때 나는 얼마나 많은 헛소리를 해대며 사람들에게 상처를 줬을까? 아는 것이 많지 않아 쉽게 대답할 수 있었던 것이고, 아는 것이 많지 않으니 무식한 나조차 아는 것을 모르는 누군가는 정말 무식한 인간이라 생각해 버린 것이다.

시간이 지나 한국으로 돌아온 나는 제법 오랫동안 일본, 일본어와 관계된 일을 했다. 그러는 동안 나에게 일본과 일본인, 일본어에 대해 물어오는 이들은 수없이 많았다. 그런데 나는 그들의 물음에 예전처럼 척척 답해내지 못했다. 쉽게 대답하기에는 내가 일본에 대해 모르는 게 너무 많았기 때문이다. 정확하게 말해서, 내가 모르는 게 많다는 사실을 알게 되었기 때문이다.

아는 게 많아질수록 모르는 것이 늘어났다. 대신 나는 자유로워졌다. 한국에 돌아와 몇 년이 지났을 무렵, 친구로부터 '나와바리'라는 단어를 들은 적이 있는데 나는 그 단어를 친구에게 처음 들었다. 나는 친구에게 '나와바리'의 뜻을 아무렇지도 않게 물었다. 허물없이 지내던 친구는 "일본에서 공부한 거 맞아? 일본어 교재까지 쓴 인간이 그 단어도 모르냐?"고 놀렸지만, 나는 떳떳하게 "너한테 처음 듣는다"고 말할 수 있었다. 예전 같으면 생각지도 못했을 변화가 내게 생긴 것이다. 내가 나와바리라는 단어를 몰랐다는 것이 창피한 일이 아니라는 것을 알게 된 것이다. 그만큼 나의 일본어 실력은 향상되어 있었고,

무식함의 수치에서 벗어나 자유로워져 있었다. 일본어에서 모르는 게 나오면 모른다고 당당하게 말할 수 있는 자유를 누리기까지, 나는 밤잠을 설쳐가며 일본어를 공부했다.

에두아르가 남들은 다 읽은 책을 읽지 않았다고 당당하게 말할 수 있는 것, 모르는 것을 모른다고 당당하게 말할 수 있는 것, 무식함에서 자유로울 수 있는 것은 그만큼 그가 알고 있는 지식이 많기 때문일 것이다. 읽지 않은 책을 읽지 않았다고 당당하게 말할 수 있는 것은 그만큼 책을 많이 읽은 덕분에 가질 수 있는 자신감이다. 세상에는 셀 수 없이 많은 책과 작가들이 존재하며, 평생을 다해도 그들의 존재를 다 알 수 없다는 것을 너무도 잘 알고 있기에 그가 아는 무언가를 모르는 사람을 무시할 수 없는 것이다.

오지랖과 학습의 인과관계

"주이 고기룰 머고요(중이 고기를 먹어요)."

에두아르가 한국어 교재에 나와 있는 예문을 소리 내어 읽고 있다. 며칠 전에 있었던 사건 이후 그가 한국어 공부를 다시 시작했다.

매주 목요일, 에두아르는 그리스어 회화반 수업을 들으러 퇴근 후 바로 학원으로 간다. 학원으로 가는 지하철 안이었다. 한국인으로 보이는 노년층 단체관광객이 지하철에 탔다. 평소 같으면 책을 읽느라 옆에 누가 있든 신경도 쓰지 않았을 텐데 한국인 관광객이라 관심을 가지고 봤다. 그런데 한 남자가 한국인들 옆에서 알짱거리더니 뭔가를 훔쳤다. 그 순간을 목격한 에두아르는 "소매치기다! 소매치기!"를 외치며 그쪽으로 달려갔다. 하지만 마침 지하철이 역에 정차하는 바람에 소매치기는 도망가 버렸다. 소매치기를 놓쳐 한국인들을 돕지 못한 에두아르는 너무 화가 나서 지하철 안에 있던 사람들을 향해 연설을 시작했다.

"한국에서는 지하철에 휴대폰을 놓고 내려도 이튿날 분실물 보관소에서 찾을 수 있다는 걸 압니까? 프랑스에 얼마나 많은 도둑놈이 살고 있는지 알고 있습니까?"

그때 듣고 있던 한 승객이 "그렇게 한국이 좋으면, 당신 한국 가서 살면 되겠네"라고 말했다. 이야기의 본질을 흐리는 비아냥을 듣고만 있을 그가 아니다. 에두아르는 '수치를 느끼고 반성하는 태도, 문제제기와 해결을 통한 건전한 사회 건설'이라는 거국적인 테마로 다시 열변을 토했다.

이 모든 상황을 지켜보고 있었지만 무슨 상황인지 이해하지 못한 한국인들은 지하철에서 큰 소리로 떠드는 그를 경계하는 눈치였다. 본인들이 소매치기 당한 것조차 모르고 있었다고 한다. 내려야 할 역이 다가오자 에두아르는 열변을 마무리하고, 한국인들에게 짧게라도 무슨 일이 벌어졌는지 한국어로 알려주고 싶었다. 그런데 막상 떠오르는 한국어라고는 나에게 가장 많이 들은 말인 "시끄럽고"와 "그만!", "조~용" 따위밖에 없었다.

한국인들 앞에서 머뭇거리는 사이 지하철은 정차했다. 급한 대로 한국말로 "감사합니다" 한마디를 남기고 내렸다. 지하철 역사를 빠져나오면서 에두아르는 뜬금없이 "감사합니다"라고 한 게 너무 창피했다. 한국인들이 자신을 '미친놈'이라고 생각했을 것이 뻔하다. 한국어로 '소매치기'라는 단어만 알았어도 이런 오해는 없었을 것이고, 소매치기도 잡을 수 있었을 텐데 싶었다. 한동안 손놓고 있던 한국어를 다시 공부하기로 마음먹었다.

"인새운 짤고 예수룬 길다아~(인생은 짧고 예술은 길다)."

저녁식사 후 에두아르가 다시 한국어 교재를 꺼내 들었다. 진도가 빠르다. 어제는 분명 단문을 공부했는데, 오늘은 연결어미 '~고'가 등장하는 복문을 공부하고 있다. 나는 에두아르가 어젯밤 몇 시에 잠을 잤는지 모른다. 아침에 잠이 부족하다고 한 것을 얼핏 들은 것도 같다. 그는 내일 아침에도 잠이 부족해 피곤할 것이다. 중년의 나이에 무슨 영광을 보겠다고 자는 시간을 아껴가며 공부를 하는 것일까? 어쩌면 영광을 보자고 공부하는 것이 아니기에 잠자는 시간을 줄여가며 공부할 수 있는 것인지도 모른다. 에두아르는 출세가도를 달리며 대외적으로 성공한 위치에 오르고 싶어 공부하는 사람이 아니다. 지적 호기심을 채워나가는 것이 즐거울 뿐이다. 아무리 좋아서 하는 짓이라도 평생 그만큼 했으면 지겨울 만도 한데 오십 년이 넘도록 줄기차게 공부하고 독서할 수 있는 비결은 무엇일까?

대체로 프랑스인들은 오지랖이 넓은 편이다. 이런 국민성이 뒷받침되어 있기도 하지만, 에두아르의 오지랖 수준은 일반 프랑스인 평균을 훌쩍 뛰어넘는다. 오지랖이란 남의 일에 쓸데없이 발 벗고 나서 참견하고 상관하는 것이다. 어떤 일에 나서서 간섭하려면 그 일에 관한 지식이나 정보를 가지고 있어야 한다. 즉 오지랖은 학습을 동반해야 한다.

친구 필립이 그의 딸 아엘리아가 키우는 토끼 때문에 골치를 썩고 있다고 하소연한 적이 있다. 집안에 토끼똥이 널려 있어 우울하다고 했다. 아엘리아는 여러 마리의 토끼 이외에도 영리한 개 한 마리, 주워온 고양이 한 마리, 비만 햄스터 두 마리, 흰색 공작비둘기 두 마리, 무척 시끄러운 잉꼬새 세 마리를 키우고 있다. 에두아르의 오랜 친구 필립은 아픈 아내를 요양소에 보낸 후부터 우울증에 시달리고 있었다. 에두아르는 아엘리아에게 토끼를 다른 집에 입양 보낼 것을 권했지만 말이 통하지 않았다. 아엘리아는 그 무시무시하다는 열네 살(중2)이다.

에두아르는 당장 '토끼의 수명 및 토끼에게 배변 교육이 가능한지'를 비롯하여 집토끼에 대해 공부하기 시작했다. 토끼의 아이큐는 보통 45에서 50 정도이고, 배변 교육이 가능하긴 하지만 쉽지 않다는 것, 그리고 의학의 발달로 토끼의 수명이 많이 연장되었다는 사실을 알고부터는 해당 시청의 동물보호관리시스템에 대해 알아보고 동물보호단체에 상담 메일을 보내기도 했다. 이런 일련의 과정에서 호기심이 넘쳐나는 그는 동물보호법을 덩달아 들여다보기도 했고, '영국왕립 동물학대방지협회(RSPCA)'의 존재와 '인간 동물학'에 대해 알게 되며 놀라워했다.

에두아르는 아엘리아를 설득하려면 적어도 이 정도는 알고 있어야 되지 않겠냐고 했지만, 내 생각에는 몰라도 될 것 같았다. 내 짐작이 틀리지 않았다. 동물에 관한 지식을 갖추어도 에두아르는 아엘리아를 설득할 수 없었다. 필립의 우울증은 점점 더 깊어졌다. 그런 친구를 보고만 있을 수 없었던 에두아르는 아엘리아를 설득하기 위해 온갖 방법을 다 써보았지만 말짱 꽝이었다.

그러던 와중에 쉰네 살 에두아르는 열네 살 아엘리아와 대판 싸우고, 현재 두 사람은 원수 사이가 되었다. 결과야 어찌 되었든 에두아르는 우울증에 걸린 친구를 토끼똥에서 구해내기 위해 많은 시간을 들여 공부해야 했다. 에두아르가 끊임없이 공부할 수 있는 비결은 '뭣도 모르면 나댈 수 없다는 것'에 있었다.

에두아르는 어쩌다 태평양 오지랖의 소유자가 된 것일까? 나는 그가 어렸을 때부터 지금까지 온갖 회고록이나 자서전을 포함한 전기문傳記文을 꾸준히 탐독하는 데 이유가 있지 않을까 추측한다. 전기문은 세상을 애정 어린 시선으로 바라보고 열정적 태도로 앞장서서 바꿔나간 사람들의 이야기가 대부분이다. 전기문의 주인공들은 용기 있고 정의로우며 도전적이다. 온갖 어려움을 불굴의 의지로 극복해 냈다. 한마디로, 멋진 사람들이다.

'멋진' 건 누구에게나 동경의 대상이 된다. 어릴 적 위인전기에 등장하는 위인이나 영웅 이야기를 읽으며 나도 그들처럼 살고 싶다는 꿈은 누구나 한번씩 꿔봤을 것이다. 얼마 전 에두아르는 블라디미르 비소츠키의 전기문을 읽었다. 비소츠키는 구소련의 독재체제에 억압받는 인민을 대변해서 당을 비판했던 저항 가수다. 비소츠키의 전기를 읽는 내내 에두아르는 들떠 있었다. 그는 비소츠키가 되어 구소련의 대중들 앞에서 열창하는 모습을 상상하며 가슴이 뜨거워졌을 것이다.

어느 날은 미지와 불가능의 세계에 도전하고 그 안에서 자신을 발견했다는 알피니스트 보나티의 전기문을 읽고 있었는데, 그때 에두아르는 보나티와 함께 몽블랑 어딘가를 등반하는 듯 전율했다. 쉰을 넘겨도 전기문을 탐독하는 에두아르는 '한 인간의 멋진 삶에 대한 이야기'를 통해 여전히 꿈을 꾸고 있는 것 같다. 그와 살기 전에는 몰랐던 사실인데, 위인들은 모두 오지랖이 넓다. 다만 우리가 위인이나 영웅들을 '오지랖이 넓다'고 인식하지 않는 것은 그들에게는 혁혁한 업적이 있기 때문이다. 아직까지 이렇다 할 업적도 실적도 없는 에두아르는 그저 공부하는 오지라퍼일 뿐이다.

"사자가 코키리룰 자밥 적여 머거다~ (사자가 코끼리를 잡아 죽여 먹었다)."

언젠가는 한국인을 돕게 될 그날을 위해 오늘 밤에도 에두아

르의 한국어 공부는 계속되고 있다. 에두아르가 작은 업적이라도 쌓아 깜짝 위인이라도 되기를 바라는 마음에서였을까? 문득 머릿속에 문장 하나가 스친다.

'에두아르가 소매치기를 때려잡아 넣었다.'

베스트셀러, 질투와 혐오 사이에서

토요일 오후, 영화 〈원 네이션〉을 보고 나오는 길에 에두아르는 서점으로 직행한다. 영화 속에 등장한 로베스피에르에 대해 냉큼 더 알고 싶어진 것이다. (로베스피에르는 프랑스혁명을 주도한 급진파 정치인 중 한 명으로 '독재자'라는 악명과 '자유와 인민의 벗'이라는 찬사를 동시에 받고 있는 인물이다.) 그가 역사책 코너에서 책을 찾는 동안 나는 베스트셀러 코너를 둘러보기로 했다.

기욤 뮈소의 소설 《파리의 아파트》를 서서 읽고 있는데 에두아르가 다가와 관심을 보인다. 내가 표지를 보여주자 표정을 일그러뜨리며 말한다.

"이 작자 책이 또 베스트셀러야? 나 참!"

에두아르는 예전에 기욤 뮈소의 《구해줘》를 읽다 말고 집어 던진 후 그의 소설은 다시는 거들떠보지 않는다. 조용한 서점 에서는 귓속말로 속삭이지 않는 이상 웬만한 말소리는 다 들린 다. 옆에서 기욤 뮈소의 신간을 들춰 보고 있던 사람들의 표정 이 싸늘해진다. 눈치라고는 1도 없는 에두아르는 사람들의 눈 총이 따갑지도 않은 모양이다. 밀란 쿤데라의 《참을 수 없는 존 재의 가벼움》에 나오는 문장을 인용해 언성을 높인다.

"이 작자의 소설은 참을 수 없을 정도로 가벼운, 깃털처럼 가 벼운, 날아다니는 먼지처럼 가벼운, 내일이면 사라질 그 무엇 처럼 가벼운! 그런 것이야!"

이 상태로 놔두면 옆에 있는 누군가로부터 한소리를 듣고도 남게 생겼다. 그럼 또 싸움이 벌어지겠지. 이럴 땐 내가 선수 쳐서 싸워주는 게 마무리가 깔끔하다.

"그럼 네가 묵직~한 글을 써서 기욤 뮈소보다 더 유명해져 보든가!"

내 작전이 통했다. 옆에서 에두아르를 노려보고 있던 사람들 의 입가에 고소한 미소가 번진다.

에두아르는 뻘쭘한 표정을 짓더니 그만 나가자고 한다. 사람 들 앞에서 그에게 무안을 준 게 조금 신경 쓰인다. 서점을 나오면서 미안한 마음에 말을 시켰다.

"솔직히 기욤 뮈소의 글이 싫은 게 아니라, 그의 책이 베스트셀러라서 싫은 거지? 베스트셀러가 왜 그렇게 싫은 거야?"

책을 사는 데에 눈곱만큼의 망설임도 아낌도 없는 에두아르지만, 베스트셀러 순위에 오른 책을 살 때는 신중을 기한다. 에두아르는 독특한 소비 성향을 지닌 사람이다. 슈퍼에서 우유를 살 때 그는 굳이 유통기한이 조금 남은 것을 골라 산다. 우유를 유통기한 내에 다 마실 자신이 있기 때문이란다. 유통기한이 많이 남은 것은 우유를 사서 바로 마시지 않는 사람에게 양보해야 한다. 그래야 유통기한 내에 팔리지 않아 버려지는 우유를 줄일 수 있다는 것이다. 이 남자의 오지랖의 끝은 어디일까? 무척 양심적이지만 절대 따라하고 싶진 않은 소비 생활을 하는 에두아르가 베스트셀러를 살 때 까다롭게 구는 것은 나름의 독특한 이유가 있을지 모르겠다. 호기심과 오지랖이 작렬하는 그가 많은 사람들이 읽은 책이 무슨 내용인지 궁금하지 않을 리 없으니까 말이다.

"베스트셀러 중에는 단순하고 유치한 데다 경박한 책이 많아서 싫어!"

버럭 인상을 쓰며 말한다. 덕분에 미안한 마음이 싹 사라졌다. 책벌레만의 심오한 이유를 기대했던 나로서는 실망스런 대답이기도 하지만, 무엇보다 거슬리는 발언이다. 에두아르 외에도 베스트셀러를 나쁘게 평가하는 사람들은 많다. 그들에게는 공통점이 있다. 모두들 책 좀 읽었다는 애서가들이다. 베스트셀러가 평소 책을 많이 읽는 애서가들 눈높이에 미달될 수 있다는 건 이해하지만, 이런 식의 악평은 들어주지 못하겠다. 그것은 얼핏 책을 쓴 작가와 그 책을 출판한 출판사에 대한 비난으로 들리지만, 결국 그 책을 좋아하는 독자들을 무시하는 것이기 때문이다.

"베스트셀러가 유치하고 경박하면 그것을 읽는 독자들은 뭐가 되는데? 다 천박한 바보천치냐?"

내가 버럭 소리를 지르자 에두아르는 조금 당황하며 자신이 하고 싶은 말이 무슨 소린지 몰라서 그러냐고 되묻는다. 물론 그가 무슨 말을 하고 있는지 안다. 우리가 흔히 베스트셀러라고 부르는 책에는 두 종류가 있다고 생각한다. 하나는 대단히 많이 팔린 책이고, 또 하나는 지나치게 많이 팔린 책이다. 내가 말하는 '지나치게 많이 팔린 베스트셀러'란 인기에 비해 내용이 부실한 책이다. 하지만 그 책들이 많이 팔리지 않았더라면 실망도 욕도 하지 않았을 거다. 작품이 좋지 않았던 게 아니라 작품에 대한 기대치가 높았을 뿐이다.

흔히 필독서로 구분되는 고전문학 대부분은 그 책이 등장한 당시에는 베스트셀러였다. 게다가 여러 세대를 거쳐 사랑받는다는 것은 입소문이 제대로 난 베스트셀러인 것이다. 베스트셀러는 많은 이들이 공감해서 입에서 입으로 널리 전파된 책이라고 볼 수 있다. 공감은 소외감을 없애주고 많은 이와 소통할 수 있음을 의미한다. 언젠가 에두아르가 말했듯이 '수다를 통해 대화하고 소통하는 것'이 '문화'라면 베스트셀러야말로 '문화'의 중심에 있는 것이다.

나는 유럽에서 십 년 넘게 살고 있다. 당연히 한국의 신조어를 잘 모른다. 불과 얼마 전까지만 해도 '먹방'은 '서재', '혼밥'은 '비빔밥', '혼술'은 '폭탄주', '진지충'은 '식충이' 정도로 추측하고 사용했을 정도이다. 뜻을 잘못 알고 사용하니 한국 지인들과의 대화가 원활하지 않아 불편했다. '나무위키'를 읽을 때에는 그 불편함이 극에 달한다. 충공깽, 흠좀무, 이뭐병 등등 도저히 해독 불가한 단어들을 하나하나 찾아봐야 하는 불편이 있다. 기성세대들은 신조어의 난발을 우려의 눈으로 바라보지만, 신조어는 시대의 트렌드이다. 지금 우리 모두가 사용하고 있는 '사회', '개인', '근대', '경제', '권리', '자유' 같은 단어들도 백 년 전에는 신조어였다. 세대 간 소통을 위해서라도 우려만 할 것이 아니라 연구를 해야 한다.

베스트셀러도 신조어와 마찬가지로 시대의 트렌드를 대변한다. 이 시대와 불편 없이 소통할 수 있는 통로가 되어준다. 에두아르를 비롯한 많은 책벌레들은 대중의 인기나 시대의 트렌드, 유행을 따르는 것을 고상하지 않다고 생각하는 듯하다. 그렇게 생각해도 상관없다. 고상한 것을 좋아하는 것은 취향이니까. 취향이란 다른 것이지 틀린 것이 아니기에 책벌레들의 태도를 지적하고 싶은 마음은 없다. 다만 내가 그들에게 하고 싶은 말은 누군가를 비난하는 태도 역시 그리 고상해 보이지 않는다는 것이다. 그리고 모든 베스트셀러에 문학성을 기대할 필요는 없다는 것이다. 베스트셀러의 가장 큰 의미는 '문학성'이 아니라 '소통'의 도구로서의 역할이라고 생각한다. '소통'은 우리가 살고 있는 지금을 이해하는 데 가장 중요한 도구이다.

집으로 돌아오는 지하철 안, 에두아르의 손에는 조금 전에 산 마르셀 고쉐의 《로베스피에르, 우리를 더 분리시키는 사람》이 들려 있다. 열심히 책을 읽고 있던 그가 갑자기 내 허리를 쿡쿡 찌른다.

"책 줘! 책!"

책은 자기 손에 있으면서 왜 나한테 달라는 것인가?

"뭔 책?"

"네 책!"

아… 내 첫 에세이 《사무치게 낯선 곳에서 너를 만났다》를 말하는 거다.

"왜?"

에두아르는 요란한 눈짓으로 옆을 보라고 한다. 그의 시선 끝에는 한국인으로 보이는 젊은 커플이 서 있다. 요즘 에두아르의 소원은 나의 첫 에세이가 베스트셀러가 되는 것이다. 눈앞에 한국인만 보이면 무조건 《사무치게 낯선 곳에서 너를 만났다》를 꺼내 읽는 시늉을 한다. 프랑스인이 한국 책을 지하철에서 읽고 있으면 한국인들이 관심을 보일 테고, 자연스럽게 홍보할 수 있다는 전략이다. 가끔 마음이 급한 나머지 책을 거꾸로 들고 있기도 한다.

에두아르의 한국어 실력으로는 내 책을 읽을 수 없다. 내용도 모르는 주제에 그저 팔고 싶다는 속셈인 것이다. 베스트셀러가 단순하고 경박하다면서 자기 아내의 책이 베스트셀러가 되기를 바라는 건 무슨 심보인가? 책벌레의 마음 저편에는 베스트셀러 작가들에 대한 질투심이 깔려 있었는지도 모르겠다. 내 책이 베스트셀러가 되면 에두아르의 베스트셀러에 대한 까칠함도 사라질까? 그런 날을 위해 어설픈 자원봉사 영업사원 에두아르의 분발을 기대한다.

우리에겐 허영심이 필요해

'저래 놓고는 자기 나라 돌아가서 독일 다녀왔다고 자랑하며 잘난 체하겠지?'

성탄절 휴가를 맞아 독일의 오래된 도시인 트리어로 여행을 왔다. 이른 아침부터 야외 유적을 둘러봤더니 온몸이 꽁꽁 얼었다. 우리는 대성당 앞 카페에서 몸을 녹인 후 성당을 방문하기로 했다. 트리어 대성당은 독일에서 가장 오래된 성당이다.

카페 유리창 너머 관광객으로 보이는 아시아 여자 두 명이 나타났다. 양손에 쇼핑백을 잔뜩 들고 있다. 지나치게 차려 입어 촌스럽게 느껴지는 그들은 온갖 폼을 잡으며 동영상을 찍느라 정신이 없다. 촬영을 마친 그들은 성당은 뒤도 돌아보지 않

고 어디론가 사라진다. 아시아인들의 이런 모습을 한두 번 본
것이 아니다.

"내 같은 아시아인으로서 쪽팔려서 증말!"

투덜대고 말았다. 트리어 대성당에 관한 책을 읽으며 내게
설명하느라 분주한 에두아르가 무슨 일인가 밖을 쳐다본다. 다
행히 그들이 사라진 후다. 에두아르는 독일에서 가장 오래된
성당 앞까지 와서 뒤도 돌아보지 않고 셀카만 찍고 가는 것은
상상도 할 수 없을 것이다. 서양인 남편에게 이런 아시아인들
의 모습을 보이고 싶지 않다.

나는 "요즘 사람들은 인스타그램이나 페이스북에 사진을 올
리기 위해 사는 것 같다"고 얼버무리며 언젠가 주워들은 어빙
고프먼의 《자아 연출의 사회학》의 일부를 읊었다.

공연된 자아란, 개인이 그럴듯하게 연출하여 남들로 하여금 그를
그가 연기한 인물로 보게 만드는 일종의 이미지다. 이 이미지가
사람들의 관심을 촉발하고 연출된 자아를 개인의 자아로 여기게
만들지만, 자아는 그 개인에게서 비롯되기보다 개인의 활동 무대
전반에서 벌어지는 사건들과 목격자들의 해석에서 비롯된다.[28]

에두아르는 내 말을 받아 윌리엄 셰익스피어의 희곡《좋으실
대로》에 나오는 대사를 연기한다.

세상은 모두 하나의 무대다. 모든 남녀는 그저 배우일 뿐! 무대에
등장했다가 퇴장한다. 사람은 인생에서 여러 역을 연기한다. 인
생은 7막의 연극이다.[29]

"봉 쥬흐~, 브 제떼 프랑세? (안녕하세요, 당신은 프랑스 사람입
니까?)"

옆 테이블에 앳된 여자와 앉아 있는 젊은 남자가 말을 건다.
아까부터 우리 쪽을 쳐다보며 은근한 미소를 날리고 있어 왜
저러나 싶었는데, 남자는 우리에게 말을 걸 기회만 노리고 있
었던 모양이다. 에두아르가 제일 잘하는 외국어는 독일어다.
신나서 독일어로 대답한다. 곧이어 두 남자의 수다가 시작된
다. 남자는 프랑스어로 에두아르는 독일어로만 말을 한다. 남
자는 몇 해 전 그리스 여행에서 봤던 에두아르의 모습과 복사
판이다.

그리스인들의 영어 실력은 놀라웠다. 시골마을 길에서 만난
할아버지도, 코딱지만 한 구멍가게 주인도 다들 영어를 잘했

다. 그들이 영어를 잘하는 것과는 상관없이 에두아르는 그리스어로만 말하려 들었다. 그때 나는 에두아르의 현대 그리스어 실력이 형편없다는 것을 알았다. 그가 아무리 그리스어로 길을 물어도 대답은 항상 영어로 돌아왔다. 남자의 프랑스어 실력은 에두아르의 현대 그리스어 실력보다 나을 게 없다. 에두아르가 유창한 독일어로 말을 하는데도 남자는 엉망진창 프랑스어를 줄기차게 고집한다. 자신이 프랑스어를 할 수 있다는 것을 여자친구 앞에서 과시하고 싶은 게다. 두 남자의 말도 안 되는 대화는 생각보다 길어진다. 이럴 땐 내 일을 알아서 하는 것이 상책이다.

가방에서 오래전부터 읽기 시작한 책을 꺼냈다. 스티븐 핑커의 《언어본능》이라는 책이다. 저자의 명성과 책 제목에 끌려 구입한 책인데, 좀처럼 진도가 나가지 않아 늘 들고 다니며 틈틈이 읽는다. 지난번에 읽었던 곳 다음부터 읽기 시작한다.

아, 오늘도 몇 줄 못 읽겠다. 정말 재미없다. 내 대가리로는 이해하기 힘든 말투성이다. 한번 읽기 시작한 책은 아무리 지루해도 끝까지 읽는 나의 오래된 독서 습관 때문에 중간에 읽다 포기하지도 못하고 대략난감하다. 내가 이 책을 왜 샀던가?

한숨이 나온다. 내가 책을 노려보며 한숨을 푹푹 쉬고 있자, 에두아르는 그것이 '수다를 그만 떨라'는 신호라고 오해한 듯하다. 남자와의 대화를 급하게 마무리한다. 그의 오해를 굳이 풀어줄 생각은 없다.

"미안, 미안. 우리 대화가 너무 길었지?"

카페에서 나왔으니 에두아르는 남자와 더 이상 대화할 수 없다. 오해를 풀 타이밍이다. 내가 한숨을 쉰 것은 읽고 있던 책의 내용이 너무 지루해서였다고 했다. 그의 대답은 간단하다.

"그렇게 지루하면 안 읽으면 되지!"

"너는 읽다만 책이 수두룩하지만, 나는 한번 읽기 시작한 책은 끝까지 읽는 매우 끈기 있는 사람이거든! 나는 너하고 달라."

에두아르는 얼굴에 '끈기 같은 소리하고 자빠지셨네'라고 써서 나를 쳐다본다. 그러든지 말든지.

여행에서 돌아와 며칠이 지나 피에르 드 마리보의 연극 〈사랑으로 세련되어진 아를르캥〉을 보러 왔다. 에두아르가 고른 작품이다. 연극을 볼 때면 내 프랑스어 실력이 더 한심하게 느껴진다. 몇 년 전 라신의 〈바자제〉를 봤을 때, 나는 극중 대사를 한마디도 못 알아들었다. 연극을 보는 내내 지루해서 돌아 버릴 것 같았다. '돈 버리고 시간 버리면서 여기 앉아서 뭐 하는 짓인가?' 하는 생각이 들자, 그 많은 현대극을 놔두고 17세기 작품을 고른 에두아르에게 화까지 났다. 돌아오는 길, 연극 보는 두 시간 동안 받은 스트레스를 그에게 풀었다.

"한마디도 못 알아들었거든!"

그 후로 에두아르는 연극이나 오페라를 보러 가기 전에 각 작품의 대본을 미리 챙겨준다. 내용을 알고 보면 공연이 싱겁게 느껴질 줄 알았는데, 더 흥미롭다. 〈사랑으로 세련되어진 아를르캥〉은 미리 읽을 시간이 없었다. 연극 시작 전, 에두아르가 가방에서 두꺼운 책 한 권을 꺼낸다. 《마리보 희곡선》이다. 기특하게 나를 위해 챙겨왔군! 책을 받아들려고 하는데, 에두아르는 책을 힘주어 꽉 잡는다. 내게 줄 생각이 전혀 없다.

"나 때문에 가지고 온 거 아니야?"

그는 실수로 책을 한 권밖에 가지고 오지 않아 내게 줄 수가 없다고 한다. 자기는 벌써 읽었을 게 뻔한데, 왜 지금 다시 읽어야 하는지 이해가 되지 않는다.

"넌 이미 다 읽은 거잖아! 이리 줘! 그냥 팸플릿 읽어!"

"싫어. 다른 사람들이 다 팸플릿만 보고 있잖아."

뭣이라?

"사람들 앞에서 책 읽는 걸 과시하려고 책을 읽는 거였어?
유치찬란하시군!"

에두아르는 내가 그렇게 생각하든지 말든지 신경도 쓰지 않
는 듯 책을 뚫어지게 쳐다본다.

연극을 보고 돌아오는 길 지하철 안에서 에두아르는 이미 읽
은 책을 다시 읽는다. 나는 스티븐 핑거의 책을 다시 펴들었다.
정말이지 검은 것은 글씨요, 흰 것은 종이다. 하버드대학에서
강의를 하는 저자는 모든 독자들이 그의 제자들 수준이라고 착
각하고 있는 것일까? 안 읽으면 그만인 것을 끝까지 읽으려 드
는 나의 끈기도 문제다. 집중해서 읽어도 모자랄 판에, 시끄러
운 지하철 안에서 읽으니 저자가 대체 뭔 소리를 하고 있는지
도통 이해가 되지 않는다.

나는 그냥 책을 읽는 척만 하면서 주위를 살짝살짝 둘러본
다. 딱 걸렸다! 에두아르가 책을 펴든 채 졸고 있는 것이다. 책
을 읽는 척만 하니, 방금 본 연극을 제대로 이해하는 게 나을
것 같다. 대본을 미리 읽고 가지 않아 연극을 완전히 이해하지
못했다.

"그 책 안 읽을 거면, 나 주고 편하게 자." 귓속말로 말했다. 그도 귓속말로 대답한다. "싫어." 에두아르는 들고 있는 책을 힘주어 꽉 잡는다. 내게 뺏기고 싶지 않은 것이다. 주위를 둘러봤다. 사람들 손에 휴대폰이 들려 있다. 다들 액정을 들여다보거나, 휴대폰을 손에 든 채 아무 생각 없이 앉아 있다. 그가 졸면서도 마리보의 책을 내게 주지 않는 것은 그 때문인 거다.

"그럼, 내 책 들고 자. 나 이 책 지금 못 읽겠어. 마리보 책 읽을래." 귓속말로 말했다. 그도 귓속말로 대답한다. "싫어. 그 책 한국어로 쓰여 있잖아. 읽지도 못하는 걸 폼으로만 들고 있는 것 같잖아." 이 무슨 주도면밀함인가? 에라이! 싫으면 관뒤라!

"저기요! 당신이 앞좌석에 올린 신발이 그리 깨끗해 보이지 않는군요! 언젠가 그 자리에 당신이 앉을 수도 있습니다."

내 귓속말에 잠이 완전히 깬 에두아르의 레이더에 또 한 명의 희생자가 걸린 것이다. 에휴, 못산다. 싸움이 벌어지기 전에 그의 관심을 다른 곳으로 돌리는 게 방책이다. 귓속말로 말한다.

"그동안 나는 네가 지적 호기심을 채우는 것이 즐겁고, 자아 성찰을 위해서 책을 읽는다고 생각했어. 그런데 오늘 보니 지적 허영심 때문인 것 같아. 독서가 더 이상 누구나 하는 일이

아닌 요즘, 책을 읽는 일은 멋진 일이 되어버렸어. '나는 너희
와 다른, 책 읽는 멋쟁이'라 과시하려는 허영심 때문에 미치광
이 책벌레가 된 거 아냐? 정말 실망했어."

에두아르는 내 귓속말에 귓속말로 대답한다.

"아무리 지루한 책도 끝까지 읽는 사람과 뭐가 달라?"

추리, 응용 영역 두뇌가 절대 부족해 보이는 꺼벙이 에두아
르에게 이런 예리함이 있다니. 순간 할말이 없다. 정곡을 찔렸
다. 내가 책을 끝까지 읽는 결정적인 이유를 솔직히 털어놓자
면, 끝까지 읽어야 어디 가서 그 책을 읽었다고 말할 수 있기
때문이다. 내 독서 습관을 '끈기와 인내'라는 단어로 포장해 왔
지만, 실은 나의 '지적 허영심'으로 인한 집착과 고집이었다.

우리 모두는 각각의 허영심을 가지고 있다. 무리해서라도 명
품 신발과 가방을 사는 것, 유적에 관심이 없어도 해외 유적지
로 여행을 떠나는 것, 엉망진창 외국어 실력이라도 과시하려
하는 것, 에두아르가 졸면서도 책을 손에서 놓지 않는 것, 내가
책을 끝까지 읽는 것 등등. 모두 물적, 지적 허영심에서 오는
행동이다. 에두아르가 잘못된 행동을 하는 사람에게 끊임없이
지적하는 것도 '허영심'에서 비롯되는 것인지도 모른다. 사람

으로서 마땅히 지키거나 행해야 할 도리나 규범을 본인은 지키고 있다는 것을 과시하려는 '윤리적 허영심' 말이다.

심리학자들은 "인간은 스스로를 남과 다르다고 믿는 속성을 가지고 있다"고 말한다. 남과 다른 나를 꿈꾸는 인간의 기본 심리 저편에는 허영심이 자리하는 것 같다. 셰익스피어의 말대로 우리가 삶이라는 무대에 서서 연기를 하며 살아가고, 고프먼의 말대로 우리의 자아가 목격자의 해석으로 평가되는 '연출된 자아'라면, 우리 모두는 일정량의 허영심을 필요로 한다. 허영심은 우리를 보기 좋게 치장하는 것이자 나 스스로를 대우하는 하나의 도구인 셈이다.

'허영심', 그리 나쁜 것만도 아닌 듯하다. 그것은 스스로를 사랑하는 자기애가 없다면 생길 수 없는 것이다. 세상에서 제일 행복한 사람은 자기 자신에게 사랑받는 사람이 아닐까?

24시간 나와 함께 있는 나에게 사랑받는다는 것은 평생을 온전히 사랑받는 것일 테니까. 나는 나를 바람직한 형태로 사랑하고 있는가? 나의 허영은 나를 목격하는 사람들 눈에 멋지게 보이는가? 허영심의 힘으로 삶이라는 무대에 '나'라는 주인공을 어떻게 연기할 것인가가 관건이다.

"내가 인생이라는 연극에서 내 배역을 잘 연기했더냐? 그랬다면 박수를 쳐다오."

　아우구스투스가 죽기 전 침대 위에서 거울을 가지고 오라 명하고, 머리를 빗고 수염을 깎은 후에 했다는 말이다.

아리스토텔레스는 유명하지 않다

"졸라 재수읎써! 붕신!"

말하고보니 내일 모레 오십줄인 여자가 남편에게 할 소리는 아닌 거 같아 조금 머쓱하다. 나는 원래부터 욕을 못하는 사람은 아니었지만, 나이가 들수록 욕 실력이 늘어만 간다. 오랜 외국 생활이 나를 욕쟁이로 만들었다. 아무도 내가 하는 한국 욕을 알아듣지 못하는 환경에서 살다보니 마음에 들지 않는 상황이 벌어질 때마다 마음껏 한국말로 욕을 할 수 있다.

내 표정이 수상쩍은지 에두아르가 "방금 뭐라고 한 거냐?"고 묻는다. 나는 엉뚱한 말로 태연하게 거짓말을 한다. 거짓말은 오버하면 들통 난다. 그동안 내가 했던 욕들을 에두아르가 모두 알아들었다면, 우리는 이미 오래전에 헤어지고도 남았을 것이다. 나는 비록 욕쟁이지만 시도 때도 없이 욕을 입에 달고 사는 습관적 욕쟁이는 아니다. 가슴 깊은 곳에서 욕이 우러날 때만 욕을 한다. 방금 그에게 욕을 한 것도 가슴 깊은 곳에서 우러나온 내 진심이다. 에두아르는 가끔, 정말이지, 졸라 재수 없다.

"《방드르디, 태평양의 끝》을 쓴 작가 말이야! 기억 안 나?"

대체 무슨 근거로 내가 그 작품을 읽었다고 생각하는 것일 까? 그의 선입관에 다시 빈정이 상한다. "기억은 개뿔! 나는 그 작가 이름도 처음 들어본다. 붕신아, 우짤래?"를 프랑스어로 번역해 말한다.

"나는 그 책 제목도 작가 이름도 처음 들어봐."

에두아르는 재차 미셸 투르니에가 세계적으로 엄청 유명한 작가임을 강조하며, 그가 바로 어제 세상을 떠났다고 조금 격 앙된 어조로 말했다. '세계적? 어떤 세계? 유럽연합의 세계? 지랄하시네. 세상 좀 넓게 보고 살자!' 화가 난다.

이탈리아에서 살면서부터 나는 "세계적으로 유명하다"는 말 을 들으면 알레르기 반응을 보인다. 이탈리아인들은 나폴리의 궁정 화가였던 조토 디 본도네를 모르는 사람이 이 세상에 존재한다는 것은 상상도 못하는 듯했다. 내가 그 '이름도 뭣 같은 화가'를 모른다고 했을 때 그들이 떨었던 호들갑이란! 나는 '조토 같은 소리 하고 자빠지셨네. 그림은 조토 못 그리는 것들이'라고 생각하며 그들의 호들갑을 꾹 참고 들어줘야 했다.

유럽인들은 유럽의 역사나 문화를 모르는 인류는 존재하지 않는 줄 아는 경향이 있다. 웃기시고 있다. 맹자와 공자도 구별하지 못하는 것들이!

여름방학을 맞아 그리스로 여행을 왔다. 우리는 혼잡한 공항을 피하기 위해 아테네가 아닌 테살로니키로 입국했다. 그곳에서 차를 렌트해 이곳저곳을 거쳐 아테네에 도착했다. 렌트한 차는 아테네에서 반납해야 한다. 에두아르가 차를 반납하고 오는 동안 나는 혼자 아테네 시내를 둘러보고 싶다. 내가 또 길을 잃을까 걱정인 에두아르는 거듭 강조해서 말한다.

"호텔 이름 기억할 수 있지? 호텔 이름만 잊지 않으면 돼. 알았지?"

혼자 잘나셨다! 내가 아무리 자기보다 책을 안 읽었다지만, 설마 '아리스토텔레스'도 모를까? 열라 재수 없다.

"아리스토텔레스! 이 이름을 모르는 사람이 어딨어?"

"그래? 아리스토텔레스 별로 안 유명한데⋯. 아무튼 한 시간 후에 여기 호텔 앞에서 보기다!"

길을 잃지 않으려 정신을 똑바로 차리고 도로명을 체크하며 걷는다. 그리스어로만 표기되어 있어 문자가 그림으로 보인다. 굳이 정신을 차릴 필요도 없겠다. 나는 '아리스토텔레스'라는 호텔 이름은 절대 까먹지 않을 자신이 있기에 그냥 정신줄을 놓고 걷는다. 정신을 내려놓자 이번엔 급하게 피곤이 몰려온다. 더워서 죽을 지경이다. 아테네는 공해가 심해서 산책하기에 좋은 도시는 아닌 것 같다. 아무 카페에나 들어가 맛있기로 소문난 그리스의 '프레도 카푸치노'나 한잔하자. 와~! 최고다! 태어나서 이렇게 맛있는 아이스커피는 처음 마셔본다. 이제 살 것 같다. 사람은 살 만하면 딴생각이 드는 법일까? 갑자기 에두아르가 한 말이 생각난다. 아리스토텔레스가 유명하지 않다고? 미셸 투르니에는 유명하고 아리스토텔레스는 안 유명하다? 이게 무슨 개똥같은 소리인가?

약속시간에 맞춰 호텔 앞으로 갔다. 그는 아직 도착하지 않았다. 요즘은 별로 그런 것 같지 않지만, 내가 어릴 때만 해도 '코리안 타임'이라는 말을 자주 사용했다. 코리안 타임은 '프렌치 타임'에 비하면 '새 발의 피'다. 프랑스인 에두아르가 매번 늦는 것을 알면서도 매번 약속시간을 지키는 나는 등신이다. 스스로가 등신으로 느껴질 때면 매번 성질이 난다. 성질을 다스리기 위해 호텔 근처 카페로 향했다. 이번엔 '프레도 에스프레소'를 시켜서 마신다. 조금 있으면 오겠지 하며 멍청하게 앉아 기다리기를 삼십 분, 그는 나타나지 않는다. 이럴 줄 알았으면 호텔에 가서 샤워라도 하고 나올걸. 만나서 바로 아크로폴리스로 가기로 했던 터라 꾹 참고 기다렸는데 괜히 그랬나 싶다. 부글부글 끓어오른다. 오기만 해봐라!

카페 건너편에서 어디서 많이 본 남자가 거지꼴로 유유자적 기어오고 있다. 에두아르다. 뛰어도 모자랄 판에 기듯이 걸어오고 있는 것이다. 주의력 제로 꺼벙이는 카페 테라스에 앉아 있는 나를 못 보고 스쳐 지나간다.

"나 여기 있어! 왜 이렇게 늦은 거야? 호텔 이름을 까먹어서 길이라도 헤맨 거야? 하기야 호텔 이름이 외우기 힘들지? 그러게 그 '안' 유명한 사람 이름을 왜 호텔 이름으로 정했는지 몰라!"

비아냥 따발총을 발사한다. 아테네로 오기 전에 들렀던 올림피아에서 자동차 배터리가 방전되는 사고가 있었다. 에두아르는 배터리 문제로 이야기가 좀 길어졌다고 변명하며 잠깐 호텔에 가서 샤워를 하고 와도 되겠냐고 한다. 늦은 이유도 이해되고, 그의 꼴을 보니 샤워를 하긴 해야 할 것 같지만, 이미 끓기 시작한 성질이 가라앉지 않는다.

"얼른 갔다 와! 호텔 이름은 '아리스토텔레스'야! '안' 유명한 사람 이름이지만 기억할 수 있지?"

내가 악악대는 것이 웃긴 모양이다. 사람 열받게 웃으면서 말한다.

"그럼, 기억할 수 있지! 나는 그 사람 책을 읽었거든."

아호, 왕재수!

"다행이네! 그 '안' 유명한 사람 책을 읽어 두셔서!"

내가 말끝마다 '안 유명한 사람'이라는 말을 달고 있다는 것을 눈치 챈 그는 아리스토텔레스가 유명하지 않은 이유를 설명한다. 아리스토텔레스라는 이름을 알고 있는 사람은 많다. 하지만 대부분의 사람들은 그의 책을 읽지 않았다. 사람들이 읽지 않은 책을 쓴 철학자가 뭐가 유명한가? 고로 아리스토텔레스는 유명하지 않다.

잘나셨다.

잠깐만! 아까 그가 내게 호텔 이름을 기억할 수 있냐고 몇 번이나 물어보지 않았던가? 이것은 내가 아리스토텔레스의 책을 읽지 않았을 거라 자기 멋대로 생각했다는 것이 아닌가? 이 인간은 대체 무슨 근거로 그런 생각을 한 것일까? 완전 빈정 상한다. 물론 나는 아리스토텔레스의 책을 읽지 않았다. 심지어 읽고 싶었던 적조차 없다. 열은 받지만 마땅히 받아칠 말도 없다. 얼른 샤워나 하고 오라는 말밖에 못한다.

어흐, 성질 나!

호텔로 향하는 에두아르의 뒷모습을 보며 맥주 한 병을 시켰다. 나는 술을 마시면 비교적 온순해지는 편이다. 기분이 온순 알딸딸해지자 에두아르의 말이 틀린 건 아니라는 생각이 든다. 위키피디아에서 아리스토텔레스에 대한 정보를 읽었다고 그를 아는 것은 아니다. 그의 철학을 요점 정리해 놓은 노트를 읽었다 해도 그의 철학을 안다고 말할 수 없다. 몇 안 되는 사람만이 알고 있는 철학을 펼친 철학자라면 유명하다고 할 수 없다. 에두아르의 생각에 동감한다. 하지만 나는 "아리스토텔레스가 유명하지 않다"고 떠들고 다닐 수는 없는 처지다. 그의 책을 단 한 권도 읽지 않은 내가 그런 말을 하면 그냥 무식해서 그러려니 무시당할 게 뻔하다.

에두아르는 좋겠다. 하고 싶은 말을 막 하고 다녀도 무시당

하지 않아서. 온순해진 나는 에두아르가 잠시 부럽다. 그러다 알딸딸한 나는 내가 왜 이 모자라는 인간을 부러워하고 있는지 얼떨떨하다. 아리스토텔레스의 책을 읽었으면 뭐하는가? 그 철학자의 책을 읽은 에두아르나 읽지 않은 나나 별반 크게 다를 것도 없지 않은가? 그렇다면 아리스토텔레스의 글을 읽은 에두아르는 아리스토텔레스를 잘 안다고 말할 자격이 있을까? 책을 읽어 저자의 생각에 공감하고 배움을 얻었다고 해도, 그것을 머릿속에만 넣어둔 채 행동하지 않으면 무슨 소용인가 하는 생각이 든다.

우리를 행동하게 만드는 것은 뇌의 지적 작용이 아니라 가슴의 공감 작용이라고 생각한다. 우리가 책에서 얻은 지식과 지혜를 실천하지 못하는 이유는 책을 머리로만 읽었기 때문이다. 마음으로 읽지 않은 책을 우리는 제대로 이해했다고 할 수 있는가?

"아는 것이 많다고 반드시 덕망이 높은 사람이라고 말할 수는 없다. 다만 우리가 알고 있는 지식을 충분히 실생활에 활용하려고 노력하며 더 많은 지식을 얻으려고 애쓰는 사람이 되어야 한다."

아리스토텔레스가 한 말이란다. 이 유명하지 않은 철학자의 말을 한번 읽어보는 것도 나쁘지 않겠다. 몰라서 못하는 것보다 알면서도 안 하는 것이 더 나쁘지만, 몰라서 못하는 것도 자랑은 아니니까.

해결사라서 행복한 책벌레

에두아르의 한 살 어린 이종사촌 동생은 꽤 유명한 영화감독이다. 그가 여섯 번째 감독한 영화는 프랑스 내에서만 1,300만 명의 관객을 동원했고, 다른 국가에도 팔려 나갔다. 물론 한국에서도 상영되었고, 감독의 기대에는 미치지 못했지만 나쁘지 않은 흥행을 기록했다.

그가 결혼 선언을 했다. 그의 결혼 선언은 언론에서보다 가족들 사이에서 더 크게 주목받았다. 문제가 발생했기 때문이다. 프랑스에서는 보기 드물게 부모의 반대에 부딪혔다. 외삼촌 부부는 늙은 아들의 결혼을 반대하는 이유를 여러 가지로 설명했다.

첫째, 몇 년 전 그를 버리고 뉴욕으로 떠난 그녀가 다시 돌아온 것은 영화의 빅히트 때문일지도 모른다. 둘째, 영화감독과 패션모델의 결혼, 어디서 많이 들어본 소리가 아닌가? 둘이 몇 년이나 같이 살겠는가? 셋째, 우리는 피부색이 다른 손주를 볼 자신이 없다.

외삼촌 부부의 결혼 반대 이유를 들은 시댁식구들의 반응은 역시 프랑스인다웠다. 마지막 이유, 그녀가 아프리카 출신 흑인이기 때문이라는 말만 들은 듯 반응했다. 외삼촌 부부는 순식간에 비난의 대상이 되고 말았다. 내가 알고 있는 프랑스인들은 '인종차별주의자'로 보이는 것이 세상에서 가장 두려운 듯 행동한다. 그런 면에서 외삼촌 부부의 발언은 가히 용감했다고 할 수 있다.

시어머니가 이모님들과 함께 우리 부부를 점심식사에 초대했다. 점심을 먹으며 이모님들이 슬슬 외삼촌 부부에 대한 이야기를 시작했다. 남동생 부부의 인종차별주의적 발언을 두고 창피하다며 얼굴을 붉혔다. 평소 외삼촌 부부를 따르고 좋아하는 에두아르는 비난 발언의 수위가 높아지자 한마디 끼어들었다.

"삼촌이나 숙모나 그렇게 몰지각한 분들이 아니잖아요. 흑인이라 반대하는 건 그냥 핑계고 분명 다른 이유가 있을 거예요. 제가 아는 삼촌은 그러실 분이 아니에요."

"너한테는 삼촌이지? 우리한테는 남동생이다! 우리가 더 잘 안다!"

큰이모님이 버럭 소리를 지르신다. 나이 많은 할머니들의 열띤 뒷담화에 우리는 닥치고 밥이나 먹어야 했다.

집으로 돌아오는 차 안에서 에두아르는 외삼촌 부부를 설득할 묘안을 생각해 냈다며 즐거워한다. 한마디도 못하고 찌그러져 있어야 했던 식사시간 내내 혼자 설득법을 강구하고 있었나 보다. 집에 돌아오자마자 모파상의 단편소설 〈부아텔 영감〉을 찾아 전문을 스캔하고 프린트한 후 손편지를 쓰기 시작한다.

소설은 오물청소부로 일하는 '부아텔 영감'의 부모에 대한 원망으로 시작한다. 부모가 자기가 사랑했던 여자와의 결혼을 반대하지 않았다면 오물청소부가 되지 않았을 거라는 푸념과 함께 옛일을 회상한다. 군복무시절 산책을 하다가 우연히 카페에서 일하는 흑인 여성을 만나게 된 부아텔은 한눈에 사랑에 빠진다. 그녀와 결혼을 결심한 부아텔은 휴가를 받아 고향에 가서 부모에게 그녀의 존재를 알린 후, 제대와 동시에 부모에게 그녀를 데리고 가서 소개한다. 그녀를 직접 본 부모는 피부색이 까매도 너무 까맣다는 이유로 아들의 결혼을 반대한다. 부아텔은 어쩔 수 없이 그녀를 떠나보낸다. 사랑하는 여인을 보내야만 했던 부아텔은 결국 다른 여자와 결혼했지만 시간이 많이 흐른 후에도 그녀를 잊지 못하며 살아간다. 그녀와 헤어진 후 부아텔이 오물청소부가 되기까지의 삶을 작가 모파상은 설명하지 않는다. 소설 후반부에 부아텔의 한마디 대사로 그의 삶이 얼마나 허망했을지 내비친다.

> 그 일 이후, 나는 아무것에도, 그 아무것에도 마음을 주지 못했지요. 어떤 직업도 마음에 들지 않았어요. 그래서 결국 지금 내가 하고 있는 일을 하는 내가 되었지요. 오물청소부.[30]

에두아르가 생각해 낸 이 노골적인 방법이 효과가 있을지 의문스럽다. 며칠 후, 외숙모로부터 답장이 도착했다. '너무도 사랑스러운 나의 조카 에두아르'로 시작하는 외숙모의 편지에는 모파상의 그다지 알려지지 않은 단편 〈부아텔 영감〉을 접할 수 있게 해줘서 고맙다는 말과 함께, 19세기 말에 쓰인 이 작품이 21세기인 오늘까지 전하는 바가 크다는 이야기가 담겨 있다.

그녀 아들의 결혼 문제에 대한 언급은 전혀 없다. 에두아르가 생각해 낸 방법이 외삼촌 부부의 기분을 상하게 하지는 않았다는 것만으로 다행이라 생각했다.

몇 달 후, 결혼식 초대장을 받았다. '자식 이기는 부모 없다'고도 하지만, 에두아르의 묘안이 통한 것 같아 청첩장을 받아 들고 우리는 만세를 불렀다. 유명 영화감독과 패션모델의 결혼식에 걸맞은 화려한 파티가 열렸다. 결혼파티에서 외삼촌 부부는 에두아르를 보자 꼭 껴안아주었다. 외숙모와 얼싸안고 있는 그의 얼굴에는 뿌듯함으로 충만한 미소가 가득하다. 새벽녘까지 계속된 결혼파티에서 에두아르는 새신랑보다 더 해맑게 웃고 있다. 당사자보다 해결사가 더 행복해 보인다. 해결사를 남편으로 둔 나도 덩달아 기분이 좋다.

파티에서 돌아오는 차 안에서 '해결사'를 아낌없이 칭찬해 주었다. 안 그래도 기분이 좋은데 칭찬까지 듣자 에두아르는 신이 나서 거의 죽게 생겼다. 그러면서도 겸손한 척 말했다.

"내가 뭐 한 게 있나? 모파상이 해결해 준 거지!"

동거동락_{同居同樂}을 위한 인문학

요즘 들어 테라스에서 정원을 내다보며 멍하니 앉아 있는 시간이 많다. 아무것도 하지 않은 채론 도저히 있을 수 없는 에두아르는 이런 내가 신기한 듯 매번 같은 질문을 한다.

"뭐 해?"

"나는 생각한다. 고로 존재한다."

데카르트가 그의 저서 《방법 서설》에 썼다는 유명한 문장을 인용해 답한다. 보통 내가 이렇게 대답하면 에두아르는 "아, 그랬구나~" 하며 오버해서 고개를 끄덕인다. 내가 아무 생각도 하지 않았다는 것을 아는 눈치지만 더 이상 무엇을 하고 있었는지 묻지 않는다. 그런데 오늘은 내가 생각을 지나치게 자주 한다고 느낀 모양이다.

"무슨 생각? 생각 좀 그만하지."

순간 짜증이 났다. 내가 무엇을 하든 무슨 생각을 하든 무슨 상관인가 싶다. 나는 정색을 하고 프리모 레비의 《주기율표》에 나오는 문장을 인용했다.

"생각할 수 있는 인간에게 생각하지 말고 믿으라 하는 것은 치욕이 아닌가?"

에두아르는 내 반응에 날이 서 있다고 느꼈는지 몸을 사리며 테라스에서 사라진다.

에두아르와 나는 취미도 취향도 많이 다르다. 그는 운동을 좋아한다. 자전거, 스키, 등산은 그가 제일 좋아하는 운동이다. 그는 매번 나와 함께 자전거를 타고 싶어하지만, 나는 그처럼 한 번에 100킬로미터씩 달릴 만큼의 체력도 없고 자전거 타기를 별로 좋아하지도 않는다. 가끔 30킬로미터 정도 그와 같이 타주고 혼자 기차로 집에 돌아온다. 스키도 마찬가지다. 그는 산악스키를 즐긴다. 스키를 신고 낑낑거리며 산을 두세 시간이나 올라가서는 삼십 분 만에 스키로 내려오는 이 허망한 스포츠는 섣불리 따라나섰다가는 사망할 수도 있다. 나는 라켓을

신고 그를 따라 설산을 오르기도 하지만, 대부분 크로스컨트리 초보자 코스에서 혼자 스키를 타다가 산장 카페에서 맥주를 마시며 그를 기다린다. 나는 자전거를 타거나 산 속에서 스키를 타는 것보다 테라스나 카페 안에서 바깥을 바라보며 가만히 앉아 있는 것을 더 좋아한다. 아마 에두아르는 평생 그래 보지 않았을 것이며, 앞으로도 그러고 싶지 않을 것이다.

아파트 입주 전 내부공사를 할 때 우리는 하루가 멀다 하고 전쟁을 치러야 했다. 그와 나는 색감과 디자인의 취향이 달라도 너무 다르다. 벽의 페인트색, 바닥 장식재, 욕실 타일 등을 고를 때마다 의견 일치를 보기 힘들었다. 한참을 싸우다가 언제나 둘 중에 하나가 양보하며 참아야 했다. 부부가 같이 즐기고 같이 만족하면 좋겠지만, 이렇게 취향이 달라서야 같이 즐기기는 힘들다. 그래서인지 나는 조금 우울하다. 예전보다 테라스에서 가만히 앉아 있는 시간이 늘어난 것은 내가 우울해서인지도 모른다. 여전히 아무 생각 없이 테라스에서 하늘을 쳐다보고 있는데, 그가 다시 나타났다.

"방금 메일 하나 보냈어. 읽어봐!"

에두아르가 보낸 메일은 그가 일학년(16세) 학생들에게 내준 작문 숙제에 관한 것이다.

〈작문 숙제〉

다음은 귀스타브 플로베르의 소설 《보바리 부인》의 일부이다. 글을 읽고 '보바리 부인'에게 인생의 희망을 줄 수 있는 편지를 작성하시오.

그녀 가슴에 남은 것은 공허뿐이었다. 그리고 똑같은 나날의 연속이었다.

이제 항상 똑같은 날들이 하나씩 줄지어 지나가는 것인가! 셀 수도 없이 많은 날들이 아무 일도 일어나지 않은 채로 이어진단 말인가! 다른 사람들의 경우, 아무리 평범한 사람이라도, 적어도 뭔가 생활의 변화가 일어날 기회가 있다. 때로는 우연한 일로부터 무한한 결과가 초래되기도 한다. 그러면 환경이 달라진다. 하지만 그녀에게는 아무 일도 생기지 않는다. 신의 섭리인 것이다. 미래는 깜깜한 복도이다. 그리고 그 끝에 있는 문은 꽉 잠겨 있다.

그녀는 연주를 그만두었다. 도대체 무엇 때문에 연주한단 말인가? 누가 듣는다고? 그녀는 연주회에서 짧은 소매 벨벳 드레스를 입고 에라르 피아노의 상아 건반을 가벼운 손끝으로 두드릴 일이 없을 것이고 감탄의 속삭임이 미풍처럼 주위를 감도는 것을 느낄 일도 없을 것이다. 그러니 뭣하러 수고스럽게 연습을 한단 말인가? 그녀는 스케치북도 자숫감도 장롱 속에 처박아 버렸다.
뭣하러? 무슨 소용이 있기에? 바느질은 그녀를 짜증나게 했다.
'책은 충분히 읽었어.' 그녀는 생각했다.

그래서 그녀는 하릴없이 앉아서 부젓가락을 발갛게 달구거나 비
내리는 것을 바라보았다. (중략)

그녀는 다시 방으로 올라가 문을 닫고 숯불을 일궜다. 열기에 몸
이 나른해지자 권태가 더욱 무겁게 엄습했다.[31]

이 숙제를 내게도 해달라는 부탁 메일이다. 내가 어떤 식으
로 보바리 부인에게 희망을 줄 수 있을지 궁금하다고 한다. 딱
히 할 일이 없던 나는 그의 부탁이 묘하게 흥미롭다. 나는 얼
른 '엠마 보바리'에게 편지를 쓰기로 마음먹었다. 그런데 막상
펜을 들어 '보바리 부인에게'라고 적고 나니 무슨 말부터 시
작해야 할지 막막하다. 보바리 부인이 실존했던 인물이었기
에 그녀가 읽지 못할 편지라 해도 함부로 쓰기 망설여진다. 경
솔한 위로나 충고는 힘든 사람을 더 지치게 할 뿐이다. 보바리
부인의 상황과 입장을 더 깊이 이해해야만 그녀에게 희망을
줄 수 있다.

에두아르가 발췌한 부분은 보바리 부인이 두 번의 외도를 시

작하기 전이다. 이때까지 그녀는 자신이 자살로 생을 마감하게 되리란 것을 알지 못한다. 나는 발췌문 속 엠마의 감정 상태에 집중해 본다.

꿈 많았던 엠마에게 결혼은 자신의 이상과는 다른 지루한 현실이다. 그 현실은 정열적인 엠마에게는 버거운 고통이다. 차근차근 엠마의 감정에 몰입할수록 엠마의 권태와 나의 그것이 닮아 있다는 생각이 들었다. 나는 펜을 들어 편지를 쓰기 시작했다. 그것은, 수취인이 엠마 보바리인, 내게 보내는 편지였다. 에두아르가 왜 내게 이런 부탁을 했는지 알 것 같다.

그는 내가 우울하다는 것을 알고 있던 것이다. 고마웠다. 내가 보바리 부인에게 쓴 편지를 읽으며 에두아르는 몇 번 큰소리로 웃었다. 이런 심각한 내용을 이렇게 엉망인 철자법과 틀린 문법으로 쓰니까 웃긴다는 것이다. 어쩌면 희망을 잃은 사람에게는 이런 웃음이 필요할 수도 있겠다는 말도 덧붙인다. 나도 그를 따라 웃는다. 한국어가 서툰 외국인이 작성한 심각한 내용의 글은 상상만 해도 재미있다. 그래서 웃음이 난 것도 있지만, 남편이 내게 부탁한 작문이 왠지 놀이처럼 느껴져서였다. 갑자기 기발한 생각이 하나 떠올랐다.

"가끔 서로에게 작문 숙제를 내주는 놀이를 해보면 어떨까?"

"좋아!"

며칠 후, 이번에는 내가 에두아르에게 숙제를 내주었다.

다음은 시마다 마사히코의 일기체 소설 《네가 망가지기 전에》의 일부
이다. 다음 글을 읽고, 피노키오와 곰돌이 푸, 각각의 시선으로 바라본
하늘을 상상하고 일인칭 시점으로 묘사하시오.

이렇게 인적 없는 오후의 교외 공터에서 곰돌이 푸는 무엇을 하
고 있는 건가? 모든 행동에 목적과 의미를 부여해야 직성이 풀리
는 피노키오는 물었다.
"푸, 너는 거기서 뭐 하고 있니?"
푸는 마늘냄새 나는 트림을 하면서 대답했다.
"군만두를 오십 개나 먹었거든. 너무 배가 불러서 움직일 수가 없
어."
소문대로 상당히 칠칠치 못한 녀석이라고 생각하면서 피노키오
는 손을 내밀어, "나는 피노키오야. 잘 부탁해"라고 인사를 건네
며 그대로 널브러져 있는 푸를 일으키려 했다. 하지만 푸는 드러
누운 채, 얼빠진 목소리로 "나 이렇게 있고 싶어. 너도 같이 누워

봐"라고 말했다.

"지금 나는 여행하는 중이라 시간을 낭비할 틈이 없어. 무엇보다
빨리 성숙하지 않으면 안 되거든."

피노키오가 냉담하게 잘라 말하자, 푸는 낭창한 소리로 웃었다.

"뭐가 웃겨?"

피노키오는 발끈해서 잡고 있던 손을 놓았다.

"나는 하늘을 보고 있어. 하늘 같이 보자."

푸의 말대로 하늘을 올려다 본 피노키오는 '흥' 하고 콧방귀를 끼
며 말했다.

"하늘 따위 어디에서 보든 똑같아. 나는 이것보다 훨씬 파란 하늘
과 높은 하늘을 본 적 있어." (중략)

"나는 뭔가 행동하지 않으면, 따분해서 죽어버릴 거야."

"나는 따분해도 죽지 않는데."

"정말? 치매 안 걸리고 잘도 버티는구나. 아니면, 미친 건가?"

"나는 어느 쪽도 아니야. 네가 보기엔, 내가 미쳐 보이는지 모르
지만 말이야. 하지만 우린 같은 세상에 살고 있어. 너는 열심히
세상 속에 자신을 확립하려 하고 있어. 하지만, 세상은 생각대로
되는 게 아니야. 나는 세상 속에 내 자신이 녹아버리면 그만이라
고 생각해. 나는 하늘이 될 수도 있고, 들판이 될 수도 있고, 파리

가 될 수도 있는 봉제인형이 되고 싶어. 그런데, 너는 사람으로 진화하는 것에 집착하는 마리오네트야."

피노키오는 안절부절못하며 말했다.

"푸, 너는 세상과 싸우려고도 하지 않고, 세상을 여행하려고도 하지 않는구나. 나는 계속 여행을 해왔어. 여행은 사람을 현명하게 만들어 주지."

푸는 다시 군만두 냄새를 풍기는 트림을 한 번 하고, 양 울음소리를 흉내냈다.[32]

에두아르는 내가 내준 숙제를 받아들곤 '으흠' 하며 미소를 짓는다. 내가 왜 소설의 이 부분을 발췌했는지 알아차린 듯, 하고 싶은 말이 많은 것 같다. 즐거워 보인다. 드디어 우리 두 사람이 함께 즐길 수 있는 뭔가를 찾은 것 같다.

추억의 이야기가 있는 방

누군가 현관문을 발로 차면서 웅얼거리는 소리가 들린다.

"도와줘⋯."

에두아르의 목소리다. 화들짝 놀라 얼른 문을 열었다. 그가 품 안 가득 책을 껴안고 낑낑거리며 서 있다. 얼굴에는 미소를 머금고 죽어가는 목소리로 도와달라고 한다. 가슴팍의 책들이 바닥에 떨어지기 직전이다. 이 인간은 뭘 해도 어설프다, 받아 든 책에서 책 곰팡이 냄새가 진동한다. 거리에 버려진 책들을 주워왔나보다. 나는 땅거지와 살고 있는 것인가?

오비디우스의 《변신이야기》, 호메로스의 《일리아스》, 베르길리우스의 《아이네이스》, 키케로의 《카틸리나 반박문》, 소포

클레스의 《오이디푸스 왕》, 모두 이미 집에 있는 책들이 아닌 가?!

"이젠 가지고 있는 책도 줍냐?"

"주운 거 아니야. 제자한테 선물 받은 거야."

그에게 주려고 제자가 정성 들여 싸 들고 온 책이라니 선물인 셈이지만, 왠지 선물 같지도 반갑지도 않다. 이 책들은 얼마 전 돌아가신 제자의 할아버지 책이었다. 아버지와 함께 할아버지의 유품을 정리하던 소년은 책들을 보는 순간 자신의 반미치광이 책벌레 선생을 떠올렸던 모양이다.

'책을 보는 순간 무슈 생각이 났어요. 이 어려운 책들을 무슈라면 읽을 수 있을 거라 생각했어요.'

제자가 했다는 말을 옮기며 흐뭇한 표정을 숨기지 못한다. 소년의 선생은 그 책들을 다 가지고 있으며 이미 오래전에 읽었다는 말은 할 수 없었을 것이다. 아이의 마음이 귀엽지만 골치가 아프다. 한 권씩만 있어도 놔둘 곳이 없는데, 같은 책이 여러 권 있으면 어떡하란 말인가?

"제자 마음을 생각해서 버리지는 못하겠지? 이 책들 어떻게 할 거야?"

"글쎄, 생각해 볼게."

이 말인즉슨 어린 제자의 마음이 담긴 선물인 만큼 버리지도 팔지도 남에게 주지도 못하겠다는 소리다. 이럴 땐 방법이 있다. 제자에 대한 고마운 마음이 누그러들 때까지 기다린 후, 몰래 인터넷 중고책 시장에 내놓으면 된다. 아니면 그가 무척 좋아하는 누군가에게 바로 선물한다. 마침 내일 에두아르가 무진장 좋아하는 외삼촌 집에 초대받았다. 외삼촌은 그리스 고전문학에 관심이 많다.

"《일리아스》랑 《오이디푸스 왕》은 내일 삼촌에게 드리면 되겠다."

"삼촌도 당연히 가지고 계시지!"

"누군 이 책들이 없어서 받아 왔냣?"

다음 날 책 두 권을 챙겨 외삼촌 집으로 향했다. 거실에서 식전주를 마실 때가 기회다. 나는 호메로스와 소포클레스의 책을 가방에서 슬그머니 꺼내 삼촌에게 보여준다.

"어제 에두아르가 제자한테 선물 받은 건데, 이 책은 제자 할아버지의 유품이기도 해요. 이 책을 보는 순간 삼촌 생각이 났어요. 삼촌께 드릴게요."

최대한 순수한 표정으로 말했다. 삼촌은 얼굴에 함박웃음을 띠며 책을 받아든다.

"내가 어렸을 때는 이런 책을 학교에서 공부했지. 나도 같은 출판사에서 발행한 같은 책을 가지고 있단다. 서재로 따라오거라. 보여주마."

달갑지 않지만 삼촌의 서재에 따라 들어가야 했다. 삼촌은 책을 한 권 한 권 꺼내기 시작하고 에두아르는 신나서 구경한다.

"와! 삼촌, 키케로의《서한집》시리즈를 다 갖고 계세요?"

이 한마디에 아주 곤란한 일이 벌어진다. 삼촌이 '키케로'의 《서한집》시리즈를 다 주신단다. 그것만이 아니다. 아풀레이우스의《황금 당나귀》도, 아우구스티누스의《고백록》도, 아리스토파네스의《평화》도, 타키투스의《역사》도, 카툴루스의 시집들도, 플라톤의《국가》와《법률》등등도 모두 다 주신단다. 삼촌이 주신다는 책들은 대부분 에두아르가 이미 가지고 있는 것들이지만, 나도 에두아르도 거절하지 못한다. 이게 웬 날벼락인가? 혹을 떼려다 붙이는 꼴이 되었다. 내가《일리아스》와《오이디푸스 왕》만 챙겨가지 않았어도 이런 사태는 벌어지지 않았을 텐데. 잔머리는 아무나 굴리는 것이 아니다.

집으로 돌아오는 길, 나는 그 책들을 중고책 시장에 내놓겠다고 했다. 에두아르는 삼촌이 주신 마음을 생각해서 그럴 수는 없으며, 어차피 중고책 시장에 내놔봤자 사는 사람도 없다고 초치는 소리를 해댄다. 이렇게 집에 책 서른 권이 한꺼번에 늘었다. 그중 스물세 권은 이미 집에 있는 책이다.

삼촌 집에서 날벼락을 맞은 며칠 뒤, 친구 알랭이 에두아르를 호출했다. 새로 이사한 아파트 벽에 못을 박아달라는 것이다. 알랭은 못 박을 도구를 갖고 있지 않으며 박을 줄도 모른다. 그렇다고 에두아르에게 도움을 청하다니! 분명 다른 꿍꿍이속이 있거나 정신이 나간 게 틀림없다. 에두아르는 못을 박을 줄은 알지만 '잘' 박지 못한다. 이 사실을 알랭도 알고 있다. 알랭은 에두아르가 못을 '잘' 못 박아서 속상해하는 나에게 위로까지 해준 인물이다. 뭔가 이상하고 찜찜하다.

에두아르는 못 하나 박으러 가는 주제에 낡은 트레이닝복까지 챙겨 입고 연장을 챙긴다. 알랭의 부탁이 기분 좋은 눈치다. '봐라! 나한테 못 박아달라고 부탁하는 사람도 있지 않느냐?' 라는 표정으로 휘파람까지 분다. 그간 못을 못 박는다고 구박받은 것이 억울했나보다.

늦은 오후 에두아르가 돌아왔다. 손에는 들고 나갔던 연장통 말고도 뭔가로 가득 차 묵직해 보이는 에코백도 들려 있다. 에두아르는 에코백 속 내용물을 보여주지도 않고 잽싸게 서재로 직행한다. 어째 걷는 폼이 수상하다.

"뭐 샀어?"

"아, 아니…. 알랭이 선물을 줬어…."

선물이라…. 왠지 느낌이 좋지 않다. 서재로 따라 들어가 에코백 속을 살폈다.

로마시대 석관石棺 사진으로 채워진 화보집. 무겁다. 샤우르스 교회의 유명한 조각상 사진과 함께 '아가雅歌 시가서'의 문구가 적혀 있는 책. 무겁고 크다. 피카르디 지방에 있는 농장 건물의 설계도로 빼곡한 건축학서 비슷한 책. 크고 두껍다. 중세시대 성城의 정원에 대한 역사와 설계도로 가득한 책. 무겁고 크고 두껍고 낡았다. 네 권밖에 안 되지만 무게는 10킬로그램은 넘을 듯하고 판형이 너무 커서 책장에 세워 놓을 수조차 없다. 다시 말해, 보관하기 무척 곤란한 책들이다. 게다가 에두아르는 이와 비슷한 내용의 책들을 차고 넘치도록 가지고 있다.

"이게 무슨 선물이야? 이삿짐 정리하다가 버리려는 걸 준 거 아냐? 알랭! 내 이 인간을 정말!"

"아니야, 못 박아줘서 고맙다면서 책장에서 찾아서 준 책이란 말이야. 평소에도 이 책들을 나한테 주고 싶었다고 했어."

"그 말을 믿냐? 네가 거지냐? 쓰레기통이냐? 남이 버리는 걸 다 받아오게? 이 책들 내 눈에 안 보이는 곳에 숨기든지, 아니면 갖다 버려!"

에두아르는 알랭에게 속은 건가 잠시 생각하는 듯했지만, 갖다 버릴 생각은 전혀 없다. 책들을 서재 바닥 구석에 쌓아 놓으며 "다 읽고 버리겠다"고 약속한다. 내가 이 거짓말쟁이 책벌레한테 하루이틀 속은 게 아니다. 읽고 버리겠다고 다짐하고 산 너덜너덜 걸레 같은 책들이 집에 널려 있다. 그 책들을 볼 때마다 속이 터져 아직 안 읽었냐고 묻는 내게 그는 매번 "거의 다 읽었지만 아직 완전히 다 읽지는 않았다"고 대답하며 순간을 모면한다. 그리고 내가 그 책들의 존재를 잊어버릴 때까지 기다리며 뭉갠다. 절대 버리지 않는다. 아무리 생각해도 에두아르에겐 '저장강박장애'가 있는 것 같다. 증상이 더 심해지기 전에 치료해야 한다!

알랭이 준 책 옆에는 며칠 전 제자에게 선물 받은 책과 외삼촌이 주신 책이 아직 정리되지 않은 채 쌓여 있다. 책상 위에 탑처럼 쌓여 있는 책들은 쳐다보고 싶지도 않다. 심란하다 못해 울화가 치민다.

"이게 뭐야? 서재가 쓰레기통이야? 이 책들 오늘 안에 다 정

리해! 밤을 새워서라도 다! 버릴 책은 버리고, 두세 권씩 있는 같은 책은 선택해서 버리고! 알았어? 만약 안 그러면 내가 내일 다! 모조리 다! 갖다 버릴 거야! 명심해! 정말이니까!"

에두아르는 내가 거품을 물고 발작하자 오늘 중에 정리하겠다고 맹세한다.

새벽 두 시, 에두아르의 서재 정리는 아직 진행 중이다. 책이 많기도 하지만, 그렇다 해도 시간이 너무 많이 걸린다. 살그머니 서재 안을 들여다보니 그가 바닥에 앉아 책을 읽고 있다.

"지금 뭐하는 거얏?!"

"보면 모르겠어? 책을 정리하고 있잖아."

그가 태연한 표정으로 대꾸한다. 방금 바닥에 앉아서 하던 짓은 '독서'가 아니라 '책의 가치평가'를 하던 중이었단다. 여러 권 있는 같은 책 중에 어떤 것을 버릴 것인가 판단하고 있었다고.

"그게 어려워? 보존 상태가 좋은 책은 놔두고, 낡은 책은 버리면 되지! 그걸 하나하나 들춰보고 읽어봐야 알아?"

에두아르는 내 말에 발끈하며 변론한다. 낡은 것은 후진 것이 아니다. 낡은 것에는 새것이 가지고 있지 않은 '이야기'가 있다. 그것은 '함께한 시간'이다. 그 가치를 어떻게 쉽게 측정할 수가 있느냐? 할말이 없다. 그가 책들의 가치를 평가하느라 밤을 꼬빡 새워 충혈된 눈으로 출근을 하든 말든 나는 그만 자야겠다. 벌써 새벽 두 시 반이다.

다음 날 아침, 늦잠을 자고 말았다. 눈을 떴을 때 에두아르는 이미 출근하고 없었다. 현관 앞에 책 다섯 권이 놓여 있고, 그 위에 '버려도 됨'이라고 쓰인 쪽지가 붙어 있다. 서재에 있는 천여 권의 책 중에 달랑 다섯 권만 '버려도 됨' 판정을 받다니! 엄청난 경쟁을 뚫고 버려지는 책들은 외관이 멀쩡한 새 책들이다. 서재를 들여다봐야겠다. 장정이 심하게 손상된 책들은 반투명 포장지로 정성껏 싸여 바닥에 쌓여 있다. 더 이상 책장에 여유가 없으니 바닥에 쌓아 놓을 수밖에 없었을 것이다. 그중 한 권을 펼쳐봤다. 첫 장에 '1980년 큰누나 책 훔침'이라는 메모가 보인다. 다른 책을 펼치자 이번엔 '아름다움의 절정을 경험하다'라고 쓰여 있다.

빙그레 미소 짓고 말았다. 묘한 아늑함에 휩싸인다. 어릴 적 자주 가던 우리 동네 헌책방이 떠오른다. 지금은 서촌의 관광 명소가 되었다는 내 어릴 적 추억의 헌책방. 책방 주인 할머니는 잘 계시려나? 에두아르의 누더기 책이 가득한 서재에서 나는 잠시 추억에 잠긴다. 그의 말대로 낡은 것에는 새것이 갖고 있지 않은 많은 것들이 있는 것 같다. 이 먼지투성이 거지 같은 서재에는 에두아르의 추억이 가득하다. 추억은 이야기를 한다. 집에 추억의 이야기가 있는 방 하나쯤 있어도 좋겠다 싶다.

외롭지만 혼자 걸을 수 있어! 멍멍멍!

퇴근한 그를 보자 실소가 나왔다. 그가 베르사유궁전으로 현장학습을 다녀온 것인지, 궁전 정원을 뒹굴다 온 것인지 모르겠다. 대체 잔디 위를 어떻게 뒹굴면 온몸이 풀투성이가 될 수 있는지 몹시 궁금하다. 그가 들고 나갔던 배낭, 도시락통, 책갈피갈피, 잡풀이 없는 곳이 없다. 기가 차서 웃음밖에는 나오지 않는다. 모자는 왜 내 것을 쓰고 나간 건지…. 자기 것이라 착각하고 썼겠지만 그 모자에 꽃과 리본이 달린 것은 알고 있었을까? 오늘따라 머리는 왜 저렇게 떡져 있는 것일까? 잔디 위에서 나뒹굴어 땀을 많이 흘렸나?

"현장학습 어땠어?"

예의상 물었다. 에두아르는 아이들이 좋아했다며 활짝 웃는다.

"그런데 네가 쓰는 샴푸 말이야. 그거 별로인 거 같아. 머리가 금방 기름져."

에두아르와 나는 샴푸를 따로 쓴다. 그는 결혼 전부터 쓰던 제품을 고집하는데, 나는 그렇게 저렴한 샴푸가 이 세상에 존재하는지도 몰랐다. 오늘은 현장학습이 있는 날이라 특별히 멋을 내고 싶었는지 내 샴푸로 머리를 감았다고 했다. 에두아르는 눈을 반짝이며 '역시 비싼 건 다르구나' 했었다.

"땀을 너무 많이 흘려서 그런 거 아냐? 그건 그렇고, 도시락이 빈 통인 걸 보니 동료들이랑 잘 나눠 먹었나보네? 뭐래? 먹을 만하대?"

"어… 그거 내가 다 먹었어. 아! 아이들이 몇 개 먹긴 했다. 맛있다고 했어."

그가 도시락을 들고 가는 날이 거의 없는 데다가 동료 선생들과 나눠 먹는다고 해서 특별히 신경 써서 김밥을 넉넉히 싸서 보냈다. 그걸 혼자 다 먹었다니! 내가 놀라는 눈치자 그가 퉁명스럽게 말한다.

"같이 간 선생이란 인간들이 아이들 데리고 소풍이라도 온

줄 알더라고! 하여튼, 마음에 안 들어! 그래서 그 인간들이랑 떨어져서 혼자 점심 먹었어."

에두아르가 이런 말을 할 때마다 신경이 쓰인다. 에두아르는 결혼 전에 근무하던 그르노블의 한 고등학교에서도 늘 점심을 혼자 먹었다고 했다. 동료들과 사이좋게 지내면 좋으련만…. 동료들에게 따돌림을 당하는 건 아닌지 걱정스럽다. 혼자 외톨이가 되어 점심을 먹었을 것을 생각하면 불쌍하기도 하지만, 지랄 같은 성격 좀 고치지 싶다. 좀 두루뭉술하게 살면 안 되나?

에두아르는 입맛이 없다며 저녁을 거르겠다고 한다. 점심에 김밥을 다섯 줄이나 먹었으니 저녁 생각이 없을 만도 하다. 저녁을 먹는 내 앞에서 에두아르는 풀투성이가 된 책을 펼쳐 큰 소리로 읽는다. 듣기 싫어 환장하겠지만 속으로 읽으라는 소리도 서재로 가서 읽으라는 소리도 못하겠다. 멀찌막이 떨어져 김밥 다섯 줄을 혼자 먹은 그를 집에서까지 외톨이로 만들고 싶지는 않다.

다음 날 퇴근한 에두아르의 얼굴이 벌겋다. 무슨 일이 있었냐고 물어보기도 전에 씩씩거리며 학교에서 있었던 일을 이야기한다.

에두아르는 이번 학기 라틴어반 아이들에게 기대가 컸다. 그들이 지난 학기에 받은 성적이 20점 만점에 평균 16점이나 되었기 때문이다. 그런데 막상 아이들을 지도해 보니 아이들 실력이 형편없다. 어떻게 이 아이들이 평균 16점이라는 높은 점수를 받을 수 있었는지 이해할 수 없어 지난 학기 아이들을 맡았던 라틴어 교사를 찾아가 따져 물었다.

프랑스에는 고등학교 졸업시험이자 대학 입학 자격시험에 해당하는 '바칼로레아'를 제외하고 중고등학교 과정에서 시험 기간이라는 것이 따로 없다. 수업시간에 수시로 쪽지시험 비슷한 것을 보는데, 그것이 성적으로 연결된다. 각 교사가 내어주는 주관식 논술형 숙제도 성적으로 남는다.

그는 동료 교사에게 "대체 어떤 문제를 던져주면 이런 형편없는 실력의 아이들이 평균 16점을 기록할 수 있냐"고 했다. 동료는 "어렵지 않은 문제를 내어 아이들이 좋은 점수를 받으면 라틴어를 중간에 포기하지 않게 된다. 아이들의 기를 살려주고 용기를 주기 위해서 일부러 그랬다"고 받아쳤다. 에두아르는 용기를 주는 것이 아니라 본인들의 실력을 착각하고 오만에 빠지게 만드는 짓이라고 소리쳤다. 실력이 좋은 줄 착각한 아이들은 그랑제콜에 합격할 수 있을 거라 생각하게 되고 무모한 도전을 하게 된다. 그러면서 아이들이 잃어버릴 시간을 생각해 봤냐? 그런 만큼 실력의 객관적 평가는 중요하다고 열을 올리며 싸웠다. 내일 교장을 만나서 이 문제에 대해서 심각하게 논의할 것이며, 학부모 회의를 소집해 자신의 의견을 설득시킬 것이다. 우씨! 버럭버럭!

그가 한참 설명한 이 이야기를 한 문장으로 요약하면 '동료 선생한테 개지랄을 했다'는 거다. 휴… 저러니 맨날 혼자 점심을 먹지. 내일 교장하고는 싸우지 말아야 할 텐데….

저녁식사를 마친 후, 에두아르는 숙제 채점에 들어갔다. 잠시 후 서재에서 개소리 같은 말소리가 들려온다.

"멍멎멍멓! 너는 빵점에 빵점이다! 따따불 빵쩜! 왈왉왈왉!"

"으르릉, 으릏흥. 너는 마이너스다! 마이너슷! 철자법이 틀려 마이너스 3점! 큼흐흟, 캣쾌흖릏, 크릏크릏!"

휴… 저러다 아이들한테까지 미움을 받을 것 같다. 동료 교사들과 학생들 모두에게 따돌림을 당하면 너무 외로워지지 않을까? 에두아르가 그런 학교 생활을 버텨낼 수 있을까? 걱정이다.

채점을 마친 그는 부엌에서 꿀을 한 숟가락 퍼먹으며 열을 식힌다. 이번엔 내일 있을 문학수업 준비를 해야 한다고 한다. 이번 수업의 주제는 '우리가 살아가면서 힘들고 불행한 일을 겪게 될 때 문학작품은 우리가 그것을 이겨내는 데 얼마나 도움이 될 수 있을까?'를 생각하는 것이라고 한다. 잠시 후 서재에서 또 말소리가 들려온다. 조금 전과 분위기가 완전히 다르다.

"으히으힛끼잇! 우하우헤흵!"

저 방정맞은 웃음소리는 무엇인가? 울다가 웃으면 어딘가에 털이 난다는데…. 이번엔 기분이 왜 또 저렇게 좋으신 건가? 아마 내일 수업시간에 사용할 작품을 찾다가 마음에 드는 작품을 발견한 걸 게다. 외톨이가 되어 매일 혼자 점심을 먹어도 에두아르에게는 책이라는 위안이 있어 다행이다 싶다. 내일 그가 하게 될 수업 주제의 답을 보는 것 같다. 문학작품은 우리가 힘들 때 생각보다 많은 위로를 준다. 적어도 에두아르에게는 그런 것 같다.

다음 날 아침, 그에게 'Cave canem(개 조심)'이라고 새겨진 티셔츠를 입고 가라고 권했다.

"오늘 교장 만나서 어제 내가 말했던 문제에 대해 심각하게 이야기할 텐데, 이런 글씨가 쓰여 있는 티쪼가리를 입고 가서 되겠어?"

"그래서 입고 가라는 거야. 사나운 개는 알아서 조심해야 하니까. 교장도 알아서 조심하라고."

나의 깊은 뜻을 이해한 에두아르는 나를 째려보면서 웃는다.

"싫어! 안 입을 거야! 참! 오늘도 네 샴푸로 머리 감았어. 교장 만나니까 신경 좀 쓰느라고. 근데 내가 양 조절을 잘못해서 너무 많이 써버렸어. 얼마 안 남았으니까 머리 감기 전에 하나 다시 사. 그럼, 나 갔다 올게."

에두아르는 어깨뽕이 치솟아 있는 양복을 챙겨 입고 집을 나섰다. 집안 정리를 시작했다. 에두아르가 창고에 갖다 놓을 거라며 현관 앞에 놔둔 상자가 며칠째 그대로 있다. 그냥 내가 창고에 갖다 놓는 게 속이 편하겠다. 낡은 상자를 들어 올리려는데 생각보다 무겁다. 안에 뭐가 들었지? 상자를 열어봤다. 상자 속에는 오만 가지 것들이 섞여 있다. 우편엽서 다발, 빛바랜 사진 다발, 엄청나게 많은 종이비행기도 수북하다. 대체 이게 뭐지? 종이비행기 하나를 꺼내 펴봤다.

'선생님, 저희 학교에 남아 계시면 안 돼요? 선생님! 사랑해요'라고 쓰여 있다.

다른 종이비행기들도 펴봤다.

'선생님, 잊지 않을게요.'

'선생님 덕분에 직접목적어와 간접목적어를 구별할 수 있게 되었어요. 감사합니다.'

'많이 보고 싶을 거예요, 에두아르 선생님….'

그르노블의 제자들이 에두아르가 그 학교를 떠나던 날 날려준 종이비행기인 듯하다. 쪽지들을 다시 비행기 모양으로 접어 상자 안에 넣으며 마음이 놓인다. 에두아르는 적어도 아이들한테는 미움받지 않을 것 같다. 상자를 창고가 아닌 서재에 갖다 놓았다. 오전 내내 집안을 청소하고 목욕을 시작했다. 청소 후 목욕은 기분을 상쾌하게 만들어준다. 욕조에 몸을 담그고 나서야 샴푸가 얼마 남지 않았다는 그의 말이 떠올랐다. '샴푸통에 물을 넣어 헹궈 쓰면 되겠지.' 물을 채우려고 샴푸통을 들어 올렸는데, 아직 샴푸가 많이 남아 있다. '이상하네….' 머리를 감은 후 헤어마스크팩통을 열었다. 이런, 눈곱만큼 남았다.

'아… 그래서 에두아르 머리가 떡져 있었던 거구나….'

에두아르는 헤어마스크팩이 샴푸인지 알고 쓴 것이다. 거품이 안 나니 많이 썼을 테고, 마스크팩으로 머리를 감으니 머리카락이 얼마나 부들부들했을까? 그래서 비싼 건 다르다고 생각했던 거다. 오늘도 멋을 내느라 마스크팩으로 머리를 감았으니 잠시 후 에두아르의 머리는 또 떡이 되어 있겠지…. 어깨뽕 치솟은 양복 정장을 입고 떡진 머리로 교장 앞에서 거품 물고 동료 선생 욕을 해댈 그의 모습이 떠오른다. 딱 왕따당하기 쉬운 캐릭터다.

　그나저나 교장하고는 싸우지 않아야 할 텐데… 걱정하다가
도 됐다 싶다. 교장에게조차 따돌림당한다 해도 에두아르에게
는 아이들이 있고, 그와 함께할 '책'들이 있으니까. 에두아르는
아무리 외로워도 꿋꿋이 혼자 걸어갈 수 있을 것이다.

프랑스 책벌레가 쓴 '나의 인생책'

글: 에두아르 발레리 라도(Edouard Vallery-Radot)
번역: 이주영

　햇살 좋은 날이나 바람이 세찬 날, 테라스에 우두커니 앉아 있던 주영이 급하게 거실로 뛰어 들어와 외칩니다.

　"문장이 떨어진다!"

　햇살과 바람은 자주 그녀에게 문장을 선물하는 듯합니다. 그런 날이 아닌 오늘도, 주영은 지난여름부터 아팠던 허리를 불편한 의자에 고정한 채, 인내심 있게 글을 쓰고 있습니다. 글을 쓴다는 건 끝이 없는 작업인 것 같습니다. 한 문장을 쓰기 위해 한 시간을 보내고, 하나의 이미지와 한 개의 단어를 오 분 넘게 떠올리는 일. 그렇게 시간을 보내며 배가 고파지지 않는 이상 아무도 제지할 수 없고 멈추게 할 수 없는, 일상과 상관없는 것들을 생각하는 일. 이처럼 매력적인 일이 또 있을까요?

만약 그녀가 아닌 제가 작가였다면 우리 집은 어떤 꼴을 하고 있을까 생각해 봅니다. 바닥에는 종이다발이 흩어져 있고, 먹다 남은 저녁은 집안 여기저기에서 냄새를 피우고 있겠지요. 온갖 책들은 서부극에 등장하는 사륜마차처럼 나를 둘러싸고, 아니 《늑대개 화이트팽》의 마지막처럼 포위한다고 하는 것이 맞겠습니다.

물론 주영이 혼자 살았다면 집안은 전쟁 후 폐허 같았겠지만, 그녀에게는 다행히 남편이 있습니다. 그녀의 남편은 사물의 느린 침략 앞에서 맥을 못 추는 덜렁쇠입니다. 덕분에 보름에 한 번, 그녀는 무시무시한 토네이도급 폭풍으로 변신합니다. 그 폭풍은 온 집안을 헤집고 다니며 물건을 뒤엎고, 잘 보이지도 않는 먼지들을 쫓아다닙니다. 폭풍은 집안 모든 가구들을 번쩍이게 만들고, 작은 장식품들을 미비하게 이동시키거나 예상치 못한 곳으로 이동시키며 저에게 소리칩니다.

"다음 문장을 한국어로 완성하시오! 나는! 나는 ○○○○!"

저는 그 문장의 주어를 바꾸어 완성합니다.

"너는 마자아 해! 마니 마니!"

가끔 맞아도 별로 아프지 않은 가벼운 물건들이 제 머리 위로 날아오기도 합니다. 역시 동쪽에서 날아온 폭풍은 '제피로스'와는 다릅니다.

매일 저녁 여섯 시, 제가 라틴어와 그리스어 수업을 마치고 집에 들어올 때에도 회오리바람은 불고 있습니다. 부엌에서 슥삭슥삭 작은 소음이 새어나옵니다. 식기나 나뭇조각이 부딪치는 소리, 물소리, 알 수 없는 물건들의 미미한 소리들…. 그 작은 회오리가 온 집안을 휩쓸고 다니지 않는다면, 우리 집은 자연 그대로의 모습으로 가공되지 않은 채 혼란 속으로 빠져들 것입니다. 이 작은 회오리바람 덕분에 집안은 생기를 띕니다. 그녀에게 덜렁쇠 남편이 없었다면 그녀는 회오리바람으로 변신할 필요 없이 버려진 전쟁터에서 글을 쓰고 있었을 게 틀림없습니다.

여느 때와 마찬가지로 불안정하게 쌓아 놓은 책들과 바닥을 나뒹구는 먼지덩어리 속에 웅크리고 앉아 수업 준비를 하고 있던 어느 날, 그녀가 말했습니다. 자기는 저에 대해 글을 쓰고 있으니 (이 사실을 저는 이미 알고 있었습니다.) 저는 제 '인생책' 몇 권에 대해 글을 쓰라는 것이었습니다. 이것은 출판사 편집자의 주문이기도 했습니다. 그녀들은 이렇게 저를 글쓰기의 세계로 끌어들였습니다. 주영의 말대로 문장이 다가오는 시간들을 노리며 머리를 쥐어짜고 온갖 방법을 동원해 머리를 식혀보기도 합니다.

인생책이라….

제 어린 시절을 함께한 《악의 꽃》과 《잃어버린 시간을 찾아서》, 이 두 작품은 아무런 망설임 없이 꼽을 수 있겠습니다.

먼저, 마르셀 프루스트의 《잃어버린 시간을 찾아서》 이야기부터 하겠습니다. 저는 그의 문장들을 여름별장의 바닥 꺼진 높은 다락방에서 소리 내어 읽었습니다. 한없이 뒤엉킨 문장 속에 녹아 있는, 사람과 사물에 대한 아름다운 감수성에 전율했습니다. 저는 프루스트의 문장 속에 나를 완전히 내맡겼습니다. 콩브레의 계단, 마르셀이 그의 어머니와 헤어져야 했던 그 계단은 매일 밤 어머니와 헤어져야 했던 순간을 연상케 했습니다. 어린 소년의 사랑에 대한 무한한 갈구를 이 이상 더 어떻게 느낄 수 있을까요? 사물의 부조리를 글로 극복할 수 있다는 열망과 아름다움에 대한 처절한 저항, 행복이 손에 잡힐 듯해 희망에 부푸는 신비한 순간들, 우아한 패배와 반항을 어쩌면 이렇게 잘 묘사할 수 있을까요? 감탄했습니다.

열다섯 살이었던 저는, 제가 프루스트처럼 될 수 없으리란 예감에 절망하기도 했지만, 저의 좌절은 프루스트의 것과 닮아 있는 듯했습니다. 그래서 저는 외롭지 않았던 것 같습니다. 프루스트는 언제나 저와 함께하는 친구가 되어주었으니까요.

평론가들은 그가 《잃어버린 시간을 찾아서》의 마지막 페이지를 끝으로 더 이상 글을 쓰지 않는 것으로 오해하지만, 그의 글쓰기는 끝나지 않았습니다. '잃어버린 시간'을 작가 프루스트는 찾지 못했지만, 독자인 우리는 찾을 수 있기 때문입니다.

어릴 적 좋아하던 소녀에게 고백했던 순간을 기억합니다. 우리가 열정적인 사랑에 빠졌을 때, 우리는 그것을 무슨 근거로 진정한 사랑이라 믿을 수 있을까요? 한 사람의 사랑에 대한 증오를 우리는 어떤 집요함으로 파악할 수 있을까요?

우리는 특별하지 않은 일상 속에서 사람들을 만나고 사무실을 오가는 당일치기 여행을 하며 책상 앞에 앉아 인생의 의미를 부여하는 것으로 충분하다는 착각의 희생자는 아닐까요? 이런 잡다한 질문에, 프루스트는 어김없이 답해줍니다. 누군가 《잃어버린 시간을 찾아서》를 읽으며 외로운 여름나절을 보내는 것이 터무니없는 짓이라고 한다면, 저는 조금 과장해서라도 이렇게 말하겠습니다. "프루스트와 함께라면 당신은 지금의 고통에서 멀어질 겁니다."

바칼로레아를 치러야 했던 해, 우리는 샤를 보들레르의 《악의 꽃》을 공부했습니다. 이 책 속에는 마치 예전부터 존재해 온 손톱 모양이나 눈동자 색깔 같은 이유 없는 슬픔과 혐오가 가득합니다.

우리의 마음이 한 번의 수확을 마치면,
삶은 고통이다
이것은 잘 알려진 비밀이다
그것은 진정한 우울이다
낮은 하늘이 뚜껑처럼 무겁게 드리워
기나긴 권태 속에 신음하는 영혼을 짓누를 때… [33]

파리의 어렴풋한 공기 속을 걸으며 저는 그의 시들을 암송하곤 했습니다. "음악은 종종 내게 바다처럼 다가온다." 보들레르가 한 말입니다. 보들레르의 고귀한 멜로디의 시들은 저를 흔들기에 충분했습니다. 저는 요동했습니다. 한없이 펼쳐지는 시의 파도 속에서 저는 제 안의 어둡고 비겁하게 오염된 영혼을 관찰하는 것을 좋아했습니다. 부드럽게 어루만지는 그의 언어는 저의 이마를 상쾌하게 만들어주었습니다.

그의 시 〈시체〉를 통해 이 세상 모든 죽음을 직시할 수 있을 거라 생각했습니다.

태양은 그 썩은 것을
마치 알맞게 익힐 셈인 양 내리쬐고
덩어리진 모든 것을 한데 모아
수백 배로 만들어 대자연에게 갚으려 한다[34]

그의 또 다른 시에서 부재하는 현실의 부드러움을 대면했습니다.

보라! 저 운하 위에서
잠자는 배들을
유랑은 그들의 타고난 기질
당신의 작은 욕망을
가득 채우려
그들은 세상 끝에서 온다[35]

저는 이 시구들을 가슴으로 읽어내리며 운율의 멜로디를 즐겼습니다. 제목과 달리 '악의 없는 섬세함'으로 가득한 《악의 꽃》은 너무 일찍 잃어버린 저의 선천적 멜랑콜리를 상기시켜 주는 작품입니다. 덕분에 저는 예술가는 되지 못했지만, 문학을 가르치는 사람이 될 수 있었습니다.

이번엔 귀스타브 플로베르의 《보바리 부인》에 대해 이야기하고 싶습니다.

샤를이 창문 커튼을 닫느라 등을 돌리고 있는 사이, 그녀는 갑자기 "아이고!" 하고 소리를 지르더니 한숨을 내쉬고는 그대로 기절해 버렸다. 그렇게 죽다니! 이 얼마나 기막힌 노릇인가![36]

플로베르는 샤를의 첫 번째 부인의 죽음을 이렇게 묘사합니다. 그리고 이어진 두 번째 결혼. 우리가 종종 잊어버리기도 하지만 '엠마'는 샤를의 두 번째 부인이었습니다. 이 얼마나 덤덤한 문장입니까? 이 문장을 처음 읽었을 때, 저는 그 덤덤함이 잔인하게 느껴졌습니다. 플로베르는 샤를의 두 번째 결혼을 다음의 한 문장으로 정리해 버립니다.

그리고 셔츠는 한결같이 갑옷처럼 가슴께가 불룩했다.[37]

이것이 바로 플로베르입니다. 그는 세상의 모든 순수함과 어리석음, 더디게 흐르는 나날 속에서 잊히는 기쁨과 고뇌, 언제나 똑같은 일상을 아이러니하면서도 끔찍하게 표현합니다.

똑같은 나날의 연속이었다. 이제 항상 똑같은 날들이 하나씩 줄지어 지나가는 것인가! 셀 수도 없이 많은 날들이 아무 일도 일어나지 않는 채로 이어진단 말인가![38]

아내를 잃은 비통을 엠마의 아버지는 이렇게 표현합니다.

하루하루 세월이 흐르고, 겨울이 지나 봄이 오고, 또 여름이 가고 가을이 오면서 천천히 조금씩, 눈곱만큼씩 풀어지더군요. 사라지고, 떠나가요. 아니, 차라리 가라앉았다는 편이 낫겠네. 왜냐하면 가슴 깊숙한 곳에는 여전히 뭔가… 뭐랄까, 묵직한 덩어리 같은 것이 얹혀 있으니까요.[39]

하늘 아래에서 생생하게 벌어지는 진흙탕 같은 나날의 붕괴

와 웅대하고 하찮은 사랑의 이야기. 각 페이지에 등장하는 플로베르의 풍부한 언어와 생각, 문장, 표현 방식, 단어, 세상에 있을 법하지 않은 만남의 희열, 이 모든 것을 기억해 두고 인용하고 싶은 책이 바로《보바리 부인》입니다. 지나치게 완벽하고, 지나치게 총체적인 이 책에 집중하다 보면 기진맥진해져 배가 고파지곤 합니다.

《보바리 부인》은 제가 열네 살일 때, 영국 요크셔에 있는 한 시골마을의 녹슨 철로 옆 학교에서 처음 읽기 시작했습니다. 부모님은 중학생인 저를 제 의지와는 상관없이 그 시골구석의 탄광마을로 육 개월이나 유배(?)보냈었습니다. 알아들을 수 없는 언어가 오가는 학교 식당의 배식줄에 서서 읽었던 기억이 어렴풋합니다. 그때 저는 책의 1부를 읽다 말고 일찌감치 집어던졌습니다. 그 후로 한참이 지나 학교 숙제로《보바리 부인》의 요약본을 읽어야 했습니다. 어렸던 저는 엠마를 자살이라는 방법으로 죽인 플로베르에게 '이게 대체 뭐야? 그래서 어쩌라고?' 화를 냈던 기억이 있습니다. 그때 저는 한창 등산에 빠져 있었고 개학도 얼마 남지 않았던 터라《보바리 부인》의 원본을 집어들 용기가 없기도 했습니다.

보들레르와 프루스트의 매력적인 글에 매 순간 도취했던 저

였지만 《보바리 부인》에서는 그런 매력적인 순간이라고는 단한 곳도 찾을 수 없었습니다. '어떻게 이런 책이 존재할 수 있는가?' 아직 성숙하지 못한 불안정한 어린 독자였던 저는 망치로 머리를 한 대 얻어맞은 기분이었습니다. 그렇게 시간이 흐른 후, 플로베르가 그의 연인 루이즈 콜레에게 쓴 서한집을 읽으면서 비로소 어릴 적 그 충격에서 벗어날 수 있었습니다. 플로베르는 그의 연인에게 《보바리 부인》의 저작 과정을 세세하게 설명했습니다.

삶의 이면, 아무런 질문도 하지 않고 보내는 수많은 나날로 채워진 삶을 플로베르는 그가 가진 역량으로 즐기고 있었던 것이었습니다. 이렇게 플로베르와 화해한 저는 《보바리 부인》을 처음부터 다시 읽었습니다. 샤를과 엠마는 서로 다른 인간상을 보여줍니다. 어떠한 열정도 없이 무미건조하게 살아가는 샤를과 지나치다 못해 빗나간 열정으로 삶을 망쳐버린 엠마를 플로베르의 냉철한 언어로 읽어내리며, 삶의 형태에 대해 많은 생각을 했던 것 같습니다.

여기 프루스트나 플로베르의 소설만큼이나 섬세하고 정교한 소설이 있습니다. 하지만 지금부터 말하고 싶은 이 소설에는 사랑과 행복으로 가득한 삶이 있습니다. 바로 제인 오스틴의 《오만과 편견》입니다.

복잡하게 뒤엉킨 미로 같은 마음을 슬픔이나 괴로움, 그 어떠한 신음도 추함도 없이 표현할 수 있다는 것을 이 소설을 통해 확인할 수 있습니다. 소설의 마지막 장면이 결혼식이라니! 정말 환상적이지 않습니까?

사실 저는 이 작품을 영화로 먼저 봤습니다. 영화를 보고 나오는 길, 어찌나 기분이 상쾌하던지 원작 소설을 읽지 않을 수 없었습니다. 저는 그때 이미 삼십 대 중반이었습니다. 이 소설은 결혼하지 않은 채 늙어가고 있는 한 남자의 마음에 행복이라는 부푼 꿈을 심어주기에 충분했습니다. 기적 같은 일이지요. 반복되는 일상 속에서 우리는 나름대로의 괴로움을 가지고 살아갑니다. 괴로움에서 벗어나려 애씁니다. 인생의 해답을 찾으려 합니다.

"어떻게 살 것인가?"

이것은 우리가 인생을 살아가면서 스스로에게 던지는 아주 흔하지만 매우 중요한 질문입니다. 답을 찾기 쉽지 않은 질문이지만, 어떻게 생각하면 쉽게 그 답을 찾을 수도 있습니다. 인생의 궁극적 목적은 '행복한 삶'일 테니까요. 저는 이 작품을 읽는 내내 무척 행복했습니다. 행복해지고 싶은 우리를 행복하게 만들어주는 책, 《오만과 편견》입니다.

만약 여러분이 《오만과 편견》을 이미 읽으셨다면 이와 비슷한 행복을 선물하는, 프랑스의 극작가 마리보의 희극을 추천합니다.

사랑이라는 감정으로 우리가 가장 행복할 때는 바로 사랑이 싹트기 시작할 때(그 설렘이란!)와 그 사랑이 '결정화結晶化. cristallisé'될 때가 아닐까요? 마리보의 희극에는 그런 행복이 가득합니다.

성미 까다롭고 신경질적인 구석이라고는 찾아볼 수 없는 문학작품은 열린 가슴 안에 행복을 선사합니다. 저는 가끔 제 제자들에게 이런 종류의 행복함을 선물할 작정으로 마리보의 작품을 강의합니다. 아이들은 책상 밑 스마트폰의 해로운 SNS와 잡담을 멈추고 강의에 집중합니다. 아이들의 얼굴에서 스마트폰을 들여다볼 때와는 다른, 뭔가에 부푼 듯한 표정을 봅니다. 행복에 젖은 아이들을 보는 것만큼이나 행복한 문학작품을 소개하는 것은 가슴 뛰는 일입니다.

행복을 거론하다가 갑작스런 반전인 듯하지만, 이번엔 에밀 졸라의 《제르미날》에 대해 이야기하지 않을 수 없을 것 같습니다. 이 작품에는 19세기 프랑스 노동자의 처절하게 비참한 삶이 잔혹할 만큼 생생하게 그려져 있습니다. 프루스트를 친구로 두고 보들레르의 시를 암송하며 고독한 영혼인 듯 젠체하던 저에게 '역겨우니 정신 차려!'라 외치며 뺨을 때리듯 다가온 작품입니다.

작가 모파상은 '도덕 또한 가진 자의 소유물'이라고 했습니다. 비참한 현실을 맞닥뜨려야 하는 삶에서 비껴선 저와 같은 사람들은 비참하고 끔찍한 삶을 머릿속으로만 상상하고 가공해 삶에 대해 이야기합니다. 이 얼마나 역겨운 사치입니까?

자신이 선택하지 않았음에도 비참한 삶을 살아가야 하는 사람들은 이 세상 어디에나 실존했고 여전히 실존합니다. 그들의 이야기를 거장 졸라는 너무도 사실적으로 가감 없이 들려줍니다. 운이 좋아 직접 경험할 수 없었던 비참한 삶을 이 작품을 통해 들여다봅니다. 내가 아닌 셀 수 없이 많은 다른 이의 삶과 제 삶을 생각하고 도덕과 정의, 이상과 현실, 제법 그럴듯한 감상적 역겨움에 대해 생각합니다. 세상에는 외면한다고 사라지는 일이란 없는 법입니다.

이 글을 쓰기 시작할 때는 무슨 말을 써야 할지 그저 막막하기만 했는데, 막상 이야기를 시작하니 끝이 없을 것 같습니다. 제 부인의 책에 제 글이 너무 많은 분량을 차지하면 안 될 것 같아 몇 권의 책을 아주 간단히 다루고 마무리해야 할 것 같습니다. 사실 며칠 전부터 원고의 진행 상태를 이상하리만큼 다정하게 물어오는 주영이 무섭기도 합니다. 저는 주영이 친절하거나 다정할 때 무척 조심해야 한다는 것을 잘 알고 있습니다. 어제 그녀가 한국어로 혼잣말하는 것을 들었습니다. 아마도 제 욕을 하는 것 같았지만, 모르는 척했습니다.

에른스트 윙거의 《강철 폭풍 속에서》, 1차 세계대전의 실상을 다루고 있는 이 작품은 충격적이지만 신선하게도 '전쟁의 아름다움'에 대해 이야기합니다. 실제로 전쟁에 참가했던 작가 윙거는 치열한 전쟁터에서 마주친 인간성의 아름다움과 용기에 대해 말합니다. 그 속에서 단련된 영혼을 그립니다. 제게 전쟁과 인간성에 대한 새로운 시선과 생각을 제시해 준 작품이었습니다.

앞으로 시한부 인생을 사는 한 여인의 감정을 미묘하게 잘 분석한 작품, 헨리 제임스의 《비둘기의 날개》도 오랫동안 기억에 남는 책입니다.

사랑이라는 감정에 강요되는 '경건'이라는 고약함을 생각하게 해준 마담 드 라파예트의 《클레브 공작부인》, 이 책에서는 지성과 감성적 표현의 극치를 맛보며 감탄하기도 했습니다.

이 밖에도 라틴어를 좋아하고 가르치는 저에게 로마 원로원의 혁명을 체험하게 해준 키케로의 《카틸리나 반박문》과 아우구스투스 후임자들의 타락과 부패를 알려준 타키투스의 책들을 제 인생책으로 꼽겠습니다.

글을 마무리하면서 '인생책'이라는 말을 되뇌어봅니다. '인생'이라는 단어는 '책'이라는 단어와 참 잘 어울리는 것 같다는 생각이 듭니다. 책이란 우리네 인생과 함께하는 좋은 벗인 것 같습니다. 때론 다정하게 다독여주고 때론 따끔하게 충고하며, 어떤 때는 생각지 못한 고민을 털어놓아 당황하게 만듭니다. 책이란 같이 생각하지 않으면 안 되게 만드는, 그런 조금은 골치 아프지만 사랑스러운 친구입니다. 저는 그런 친구가 제법 많고 앞으로도 계속 사귀어나갈 생각입니다.

아, 침실에서 "더러!" 하고 날카로운 소리가 들려옵니다. 저는 이 한국어 문장을 무척 자주 들어서 정확하게 발음할 수 있습니다. 침대 밑에 숨겨 놓은 제 양말을 회오리바람이 발견한 모양입니다. 저는 맹세컨대, 그 양말을 어제 반나절밖에 신지 않았습니다. 그녀가 폭풍으로 변하기 전에 이 사실을 얼른 설명하러 가겠습니다.

이보다 더 성공적인 삶이 있을까

방금 남편이 쓴 글의 번역을 마쳤다. 왠지 걷고 싶어졌다. 보슬비 내리는 겨울밤이지만 집을 나선다. 골목길에서 고양이 한 마리와 마주쳤다. 턱 밑에 반짝이는 이름표를 달고 있는 녀석은 집 없는 길고양이는 아닌 것 같다. 누군가의 손길에 보호받으며 안전한 삶을 살고 있을 녀석이 비 오는 달밤에 왜 홀로 산책 중인 걸까? 녀석은 제법 고독해 보이지만 나름 씩씩하다. 초연한 표정이 왠지 애처로워 말을 건다.

"너, 집이 어디니? 지금 집에 가는 거니?"

대답을 들을 수 있을 거라 기대한 건 아니지만, 보기 좋게 무시당했다. 네발로 걷는 녀석은 벌써 저만치 앞서 걷고 있다. 녀석의 뒷모습에서 사진 속에서만 본 열다섯 살 소년 에두아르가 보인다. 프루스트와 대화하며 고독한 것이 뭐 대단한 것인 양 뽐냈을 소년 에두아르. 그의 글을 번역한 후의 여운이려나? 사십 년이 지난 지금도 에두아르는 그때와 많이 달라지지 않은 것 같다.

이 년 전, 한 출판사의 대표로부터 에두아르에 대한 이야기를 써보라는 제안을 받았다. 에두아르는 지극히 평범한 사람이다. 특이한 이력으로 사람들의 호기심을 자극할 만한 것이라고는 없다. 유복한 집안에서 태어나 좋은 학벌과 안정된 직업을 가지고 평탄하게 사는 사람에게 우리는 큰 매력을 느끼지 못한다. 이런 사람에 대해 글을 쓰라니…. 나는 생각해 보겠다고 답했지만 실은 생각할 마음조차 없었다. 내 속내를 알아차린 눈치 8단 에디터가 나를 어르고 조르고 괴롭히고 협박하며 설득하지만 않았어도 나는 이 글을 쓰지 않았을 것이다. 떠밀려 쓰기 시작한 글이 잘 풀릴 리 없다. 무엇을 써야 할지 몰랐다. 마치 어려운 수학 숙제라도 받아든 느낌이었다. 몇 달 동안 한 줄도 쓰지 못했다. 그러다 우연히 유투브에서 인문학 강의 영상을 보게 되었던 날, 몇 달째 풀리지 않던 숙제의 실마리가 보이는 듯했다.

　몇 년 전부터 한국에서 '인문학'이 유행이라는 것은 눈치 채고 있었다. 나는 인문학을 연구하고 강의하는 학자는 아니지만, 한국에서 인문학 열풍이 불고 있다는 것이 반갑다. 오랜 외국 생활을 하다보면 누구나 어느 정도 애국자가 된다. 그리움은 사랑으로 발전하는 법이다.

　1990년대 초중반을 일본에서 보낸 나는 서울올림픽 덕분에 서울은 알고 있지만 서울이 한국의 수도라는 것을 모르는 수많은 일본 젊은이들을 접하며 속상했다. 그때만 해도 일본인들에게 한국은 지구 끝 어느 빈곤한 나라와 다를 바 없는 관심 밖의 나라였다. 그들의 잘못된 역사 교육은 그들을 점점 열정 잃은 외톨이로 만드는 듯했지만, 가난한 나라에서 온 가난한 유학생이었던 나의 말은 그들에게 통하지 않았다.

　2000년대 중후반을 이탈리아에서 보낸 나는 구텐베르크의 금속활판 인쇄술이 세계 최초 인쇄술이라고 알고 있는 유럽인들을 보면서 분했다. 인류 문명의 발전은 유럽인이 없었다면 불가능했을 거라 생각하는 그들 앞에서 8세기 신라시대의 목판 인쇄술과 구텐베르크보다 1세기나 앞서 제작된 '직지심경'의 금속활자본에 대한 이야기는 웃음거리밖에 되지 않았다.

2020년 프랑스에서 살고 있는 나는 더 이상 한국을 '유럽의 문명을 뒤늦게 받아들여 발전한 가난한 나라'라고 생각하는 사람은 볼 수 없지만, 한국인을 돈을 벌기 위해 개미처럼 일하다가 결국 과로사하는 사람들로 여기는 모습에서 열등감을 느낀다. 일만 하는 사람들이라는 인식 속에는 인생을 즐기지도 깊이 생각하지도 않는, 여유도 문화도 없는 사람이라는 비난이 섞여 있기 때문이다. 이런 그들의 생각에 나는 화가 나거나 기분 나쁜 것이 아니다. 내 감정은 확실히 열등감이다. 열등감의 근원은 부정할 수 없는 것에 있다. 그들의 생각이 사실이 아니라고 부정하기에는 어딘가 켕기는 구석이 있다.

　"한국 사람들은 모이면 돈 이야기밖에 하지 않아 짜증스러웠다."

　"한국 사람은 하나같이 똑같은 말만 해서 듣기 싫었다."

　휴가를 맞아 한국을 다녀온 유럽에 사는 한국인 친구들에게 자주 듣는 소리다. 같은 한국인에게 이런 말을 들으면 속상하지만, 나 또한 한국을 다녀올 때면 느꼈던 부분이라 언짢은 감정을 표현하지 못한다. 유럽인들에 비해 문화적으로 빈곤하다는 열등감을 가지고 있던 내게 한국에서 '인문학'이 주목받고 있다는 것은 희소식이었다.

유투브의 수많은 인문학 강의는 실망스러웠다. 영리하고 사명감 있는 나의 에디터가 왜 나를 어르고 괴롭히면서까지 이 책을 쓰도록 밀어붙였는지 이해할 수 있었다. 유투브의 인문학 강의를 보고 있자면, 스티브 잡스가 '우리의 가슴을 뛰게 하는 것은 인문학과 결합된 기술'이라는 말만 하지 않았어도, 대기업의 입사 시험 문제에 인문학적 소양을 묻는 문제가 출제되지만 않았어도, 한국에서 인문학 열풍은 없었을지 모른다는 생각이 든다. 결국 한국에서의 인문학은 성공을 위한 도구일 뿐인가?

성공이란 무엇인가? 우리가 생각하는 성공이란, 혹시 돈과 명예를 갖는 것은 아닐까?

작가 이만근은 그의 담백한 에세이집 《풍경의 귓속말》에서 '꿈이란 돈을 예쁘게 부르는 말이 아닌가'라고 독백한다. 또 '돈을 잘 벌면 안 착해도 될 것 같아 부러워요'라고 덧붙이며 지금의 우리 한국인들에게 조용히 충고한다. 드디어 이 책을 통해 할말이 생겼다.

나는 성공에 관심이 많은 우리에게 '에두아르식 성공을 위한 인문학'에 대해 이야기하기로 마음먹었다.

애플의 기술에 인문학에서 얻은 상상력, 창의력 등등의 무언가가 녹아 있는지는 몰라도 그 기술 덕분에 얼마나 많은 사람들이 아무 생각을 하지 않아도 편하고 게으르게 살 수 있게 되었는지 생각하면 배신감마저 든다. 계산기 대신 암산을, 구글 맵 대신 지도와 그림자의 방향을 고집하는 에두아르는 어쩌면 아무 생각을 하지 않아도 편하게 살게 되는 것이 두려운 건 아닐까?

여기 주목받을 구석이라곤 하나도 없는 에두아르라는 사람이 있다. 그는 좋지 않은 머리를 포기하지 않고 꾸준히 사용하려 드는 고집쟁이이자, 상상을 초월하는 덜렁이 모지리이다. 그가 다른 사람들보다 조금 더 뛰어난 것이라고는 '끊임없이 읽을 수 있는 능력'밖에 없다. 우리가 생각하는 성공과는 거리가 먼 사람이다. 돈이나 명예로 얻은 성공은 언제 깨질지 모를 아슬아슬함이 있다. 우리는 그래서 불안한지도 모른다. 에두아르는 그저 앉아서 주구장창 읽으며 뭔가를 알아가는 것이 즐겁고, 이야기 속으로 빠져들며 감탄하고 동감하며 울고 웃고 생각하며 스스로를 풍요롭게 만든다.

스스로의 내면을 풍요롭게 하는 삶.

이보다 더 성공적인 삶이 있을까? 절대 깨지지 않는 내면의 단단한 풍요로움으로 무장한 에두아르는 진정한 성공적인 삶을 살고 있는 것이다.

나는 생각하고 있는 것을 노골적으로 표현하는 글을 좋아하지 않는다. 주제를 너무 확연하게 드러내는 글을 촌스럽다고 생각해 왔다. 하지만 에필로그에서 이번 책을 통해 내가 전하고 싶은 메시지를 보다 직접적으로 설명하고 나선 것에는 이유가 있다. 글을 쓰면서 자료를 찾는 과정에서 발견한 한 문장 덕분이다.

"꼼꼼하게 시간을 들여 설명하고 분명하게 말로 이해시키는 것을 통해 신뢰관계가 생겨납니다. 전달한다는 것은 그 사람에 대한 정이나 사랑을 표현하는 매우 풍요로운 행위입니다." 오히라 미쓰요와 가마타 미노루의 대담 형식으로 쓰인 《비교하지 않는 삶》이라는 책에 나오는 문장이다.

인문학이 우리의 삶을 더 풍요롭게 하는 것은 어쩌면 꼼꼼하게 시간을 들여 설명하고 있기 때문인지도 모른다. 이 책이 여러분이 풍요로운 삶을 살아가는 데 조금의 길잡이가 되길 바라면서 길었던 글쓰기를 마친다.

인용문 출처

1. 파비오 제다(Fabio Geda), 《바다에는 악어가 살지 *Nel mare ci sono i coccodrilli*》 (이현경, 마시멜로, 2012)

2. 아멜리 노통브(Amélie Nothomb), 《오후 네시 *Les Catilinaires*》 (김남주, 열린책들, 2014)

3. 프란츠 카프카(Franz Kafka), 《변신·시골의사》, 〈단식 광대 Ein Hungerkünstler〉 (이덕형, 문예출판사, 2015)

4. 가와바타 야스나리(川端康成), 《설국雪国》 (유숙자, 민음사, 2002)

5. 에밀 졸라(Émile Zola), 《작품 *L' Œuvre*》 (권유현, 을유문화사, 2019)

6. 데일 카네기(Dale Carnegie), 《인간관계론 *How to Win Friends and Influence People*》 (하소연, 자화상, 2019)

7. 나짐 히크메트(Nâzım Hikmet), 〈내가 만약 촛불을 밝히지 않는다면 nasıl çıkar karanlıklar aydınlığa〉 (이혜경, 니케북스, 2017)

8. 블레즈 파스칼(Blaise Pascal), 〈귀족의 신분에 관한 세 담론 *Trois discours sur la condition des grands*〉 (직접 번역)

9. 샤를 보들레르(Charles Baudelaire), 《악의 꽃 *Les Fleurs du mal*》 (직접 번역)

10. 프랑수아 모리아크(François Mauriac), 《테레즈 데케루 *Thérèse Desqueyroux*》 (조은경, 펭귄클래식코리아, 2011)

11. 프랑수아 모리아크(François Mauriac), 《밤의 종말 *La Fin de la nuit*》 (조은경, 펭귄클래식코리아, 2011)

12. 프랑수아 모리아크(François Mauriac), 《밤의 종말*La Fin de la nuit*》 (조은경, 펭 귄클래식코리아, 2011)

13. 프랑수아 모리아크(François Mauriac), 《밤의 종말*La Fin de la nui*》 (조은경, 펭귄 클래식코리아, 2011)

14. 마르셀 프루스트(Marcel Proust), 《잃어버린 시간을 찾아서-스완네 집 쪽으로 *À la recherche du temps perdu-Du côté de chez Swann*》 (직접 번역)

15. 김서령, 《외로운 사람끼리 배추적을 먹었다》 (푸른역사, 2018)

16. 김서령, 《외로운 사람끼리 배추적을 먹었다》 (푸른역사, 2018)

17. 마르셀 프루스트(Marcel Proust), 《잃어버린 시간을 찾아서-스완네 집 쪽으로 *À la recherche du temps perdu-Du côté de chez Swann*》 (직접 번역)

18. 볼테르(Voltaire), 《캉디드 혹은 낙관주의*Candide ou l'Optimisme*》 (직접 번역)

19. 성석제, 《조동관 약전(略傳)》 (강, 2003)

20. 미셸 우엘벡(Michel Houellebecq), 《소립자*Les Particules élémentaires*》 (이세욱, 열 린책들, 2009)

21. 장 자끄 상뻬(Jean-Jacques Sempé), 《속 깊은 이성 친구*âmes sœurs*》 (이세욱, 열린 책들, 2002)

22. 타키투스(Tacitus), 《로마 편년사*Annales*》 (직접 번역)

23. 타키투스(Tacitus), 《로마 편년사*Annales*》 (직접 번역)

24. 라 퐁텐(La Fontaine), 《라 퐁텐 우화 2권*Les Fables de La Fontaine Ⅱ*》, 〈거북이 와 오리 두 마리*La tortue et les deux canards*〉 (직접 번역)

25. 라 퐁텐(La Fontaine), 《라 퐁텐 우화 2권*Les Fables de La Fontaine Ⅱ*》, 〈비둘기 두 마리*Les deux pigeons*〉 (직접 번역)

26. 알랭 드 보통(Alain de Botton), 《젊은 베르테르의 기쁨*The Consolations of Philosophy*》 (정명진, 생각의나무, 2005)

27. 아르튀르 랭보(Arthur Rimbaud), 《랭보 시선》, 〈오필리아*Ophélie*〉 (곽민석, 지 식을 만드는 지식, 2012)

28. 어빙 고프먼(Erving Goffman), 《자아 연출의 사회학 *The Presentation of Self in Everyday Life*》(진수미, 현암사, 2016)

29. 윌리엄 셰익스피어(William Shakespeare), 《좋으실 대로 *As You Like It*》(직접 번역)

30. 기 드 모파상(Guy de Maupassant), 〈부아텔 영감 Boitelle〉(직접 번역)

31. 귀스타브 플로베르(Gustave Flaubert), 《보바리 부인 *Madame Bovary*》(이봉지, 펭귄클래식코리아, 2014)

32. 시마다 마사히코(島田雅彦), 《네가 망가지기 전에君が壊れてしまう前に》(직접 번역)

33. 샤를 보들레르(Charles Baudelaire), 《악의 꽃 *Les Fleurs du mal*》, 〈우울 Spleen〉(직접 번역)

34. 샤를 보들레르(Charles Baudelaire), 《악의 꽃 *Les Fleurs du mal*》, 〈시체 Une Charogne〉(직접 번역)

35. 샤를 보들레르(Charles Baudelaire), 《악의 꽃 *Les Fleurs du mal*》, 〈여행으로의 초대 L'Invitation au Voyage〉(직접 번역)

36. 귀스타브 플로베르(Gustave Flaubert), 《보바리 부인 *Madame Bovary*》(이봉지, 펭귄클래식코리아, 2014)

37. 귀스타브 플로베르(Gustave Flaubert), 《보바리 부인 *Madame Bovary*》(이봉지, 펭귄클래식코리아, 2014)

38. 귀스타브 플로베르(Gustave Flaubert), 《보바리 부인 *Madame Bovary*》(이봉지, 펭귄클래식코리아, 2014)

39. 귀스타브 플로베르(Gustave Flaubert), 《보바리 부인 *Madame Bovary*》(이봉지, 펭귄클래식코리아, 2014)

나는 프랑스 책벌레와 결혼했다

초판 1쇄 펴냄 2020년 7월 17일
    4쇄 펴냄 2024년 9월 30일

지은이 이주영
펴낸이 이영은
책임편집 김현경
홍보마케팅 김소망
디자인 여상우
제작 제이오

펴낸곳 나비클럽
출판등록 2017. 7. 4. 제25100-2017-0000054호
주소 서울특별시 마포구 동교로22길 49 2층
전화 070-7722-3751 팩스 02-6008-3745
메일 nabiclub@nabiclub.net
홈페이지 www.nabiclub.net
페이스북 @nabiclub
인스타그램 @nabiclub

ISBN 979-11-970387-1-6 03810

이 도서의 국립중앙도서관 출판예정도서목록(CIP)은 서지정보유통지원시스템
홈페이지(http://seoji.nl.go.kr)와 국가자료공동목록시스템(http://www.nl.go.kr/kolisnet)에서
이용하실 수 있습니다.(CIP제어번호: 2020024965)

잘못된 책은 구입처에서 바꿔 드립니다.